Printed in the USA
CPSIA information can be obtained
at www.ICGtesting.com
CBHW030514040724
11005CB00014B/401

سوسن، توليب والأخريات

نجوى غالب نادر

N A J W A   G H A L E B   N A D E R

سوسن، توليب والأخريات

ثماني نساء يسردن حكاياتهن

Sawsan, Tulip och deras kollegor

نوفيلا

SAMEH Publishing دار سامح للنشر

عندما كنتُ في العشرين من عمري، استيقظتُ في أحد الصباحات على صراخ وصياح وعويل، وسمعتُ أمي تنادي عليَّ وتصرخ وتولول، كان الصوت قادماً من الطابق الثاني، فبيتنا طابقان، بينما أنام في الطابق السفلي، وصعدتُ راكضة نحو مصدر الصوت والصراخ ونداء أمي، مذهولة لا أعرف ما الذي يجري. دخلتُ الغرفة التي تقف أمي عند بابها، وهالني ما رأيت! وجدتُ أبي غارقاً في بركة دماء، ركضتُ في اتجاهه دون وعي، ربما اعتقدتُ أنني سأنقذه، أو على الأقل لم أدرك أنه فارق الحياة، وسقطتُ في بقعة الدماء، وغبتُ عن الوعي.

عندما استعدتُ وعيي، علمتُ أن والدي الحبيب قد قُتل طعناً بالسكين، لقد كانت صدمة قوية على شابة في عمري، لم يسبق لها أن فقدت عزيزاً، فكيف إذا كانت الوفاة مفاجئة وبطريقة بشعة للغاية!

لقد سبب لي منظر أبي غارقاً في صدمة كبيرة، أثرت في صحتي النفسية، وكلما استرجعتُ ذلك الموقف تنتابني نوبة شديدة من الهلع، كأن أحداً يحمل سكيناً، ويحاول قتلي، فأبدأ بالبكاء والعويل والصراخ، وأشد شعري، وأضرب نفسي، حتى أغيب عن الوعي.

سوسن

أنا متعبة مثل أكثر الناس. الجميع مرهق، ولكن ما لي وللناس! أريد أن أصبح أفضل، أريد أن أحافظ على رباطة جأشي. أمضي معظم ليلي أتقلب في الفراش تصارعني أفكاري، وإن غفوتُ قليلاً، أصحو على دقات قلبي العنيفة. تمرّ ساعات وأنا أحاول النوم مجدداً.

في أحد أيام الربيع الجميلة في طفولتي، كنتُ ألعبُ مع إخوتي في البرية الممتدة خلف منزلنا.

في ذلك الريف القصيِّ، وفي أرض عذراء، تفتحت أزهار رائعة وغريبة؛ لونها بنفسجي داكن. عندما شاهدتُها أول مرة، شعرتُ أنني قد حصلتُ على كنز ثمين. أبهجني منظرها ولونها النادر... قطفتُ الأزهار المتفتحة منها، وعدتُ إلى المنزل مسرعة لأُريَها لأمي.

حين أريتُ أمي الزهور البنفسجية، أخبرتني أن هذه الأزهار الفاتنة تُسمَّى (السوسن)، وأنها نوع من الزنبق، ووعدتني أن تحضر منها شتلات لتزرعها في حديقة المنزل.

وفت أمي بوعدها، وهي التي تحب الورد وترعاه بكل عناية، وصرتُ أعتني بشتلات السوسن، وأرقبها بشغف بالغ عندما تتفتح أزهارها، كما ترقب الأم رضيعها البكر عندما يبدأ مناغاته.

ومن يومها أطلقتُ على نفسي اسم (سوسن)، أشعر أنني زهرة سوسن

بريّة في سفح تلة، تتلاعب بها الرياح القاسية وهي تقاوم بكل أنفة، وتصرّ على أن تبدو للناظرين في أبهى حلة.

❋❋❋

أنا متعبة مثل أكثر الناس. الجميع مرهق، ولكن ما لي وللناس! أريد أن أصبح أفضل، أريد أن أحافظ على رباطة جأشي. أمضي معظم ليلي أتقلب في الفراش تصارعني أفكاري، وإن غفوتُ قليلاً، أصحو على دقات قلبي العنيفة. تمر ساعات وأنا أحاول النوم مجدداً.

وعندما يحل الصباح أجد نفسي مهمومة ولا رغبة لي في مغادرة الفراش، وأشعر بالهم والغم بمجرد أن أرى النور يطل من خلف الستارة. على كلٍّ... يجب أن أنهض الآن، فبعد قليل سأذهب برفقة صديقتي توليب. لدينا بعد قليل جلسة ممارسة اليوغا، التي أجد فيها صحبة حسنة تعدل مزاجي قليلاً... سأرتدي ملابسي، وأجهز القهوة لنشربها معاً.

لقد وصلتْ توليب، وأنا أعتبرها أكثر من مجرد صديقة، فهي نافذة لي على العالم الخارجي، وبحكم عملها مدرسة لمادة اللغة الإنجليزية وطبيعة شخصيتها الاجتماعية ودماثة طبعها، تلتقي كثيراً من البشر، ومن خلالها أسمع أخباراً جديدة.

لقد جاءت في الوقت المناسب؛ فأنا جاهزة تماماً، والقهوة أيضاً أصبحت جاهزة، ورائحتها المنعشة غمرت المكان. أعتقد أن رائحة القهوة أكثر متعة من مذاقها. جلسنا قليلاً لنشرب القهوة قبل أن نذهب إلى جلسة اليوغا، فلا يزال لدينا أكثر من نصف ساعة من الوقت.

وفي أثناء جلوسنا، أخبرتني أنها تنوي- مع بعض زميلاتها في المدرسة وبعض الأصدقاء من خارج المدرسة- القيام برحلة نحو البحر، مع إحدى المؤسسات التي تنظم مثل تلك الرحلات، وذكرت لي أن برنامج الرحلة شائق ومنظم، وسيستمر على مدى أربعة أيام طيلة العطلة، ودعتني لمرافقتهم:

- ما رأيكِ يا سوسن أن تذهبي معنا في تلك الرحلة؟ زيارة البحر في هذا الوقت من السنة جميلة جدّاً؛ فالجو لا يزال معتدلاً، وستكون أسعار الفنادق والشاليهات منخفضة مقارنة بالشهر المقبل، وهناك برنامج جميل للرحلة، سنمكث أربعة أيام.
- دعيني أفكر وأسأل عائلتي وأخبرك غداً. ولا أخفي عليك أن الفكرة قد أعجبتني، فأنا لم أشاهد البحر منذ مدة طويلة.
فكرتُ في موضوع الرحلة، لماذا لا أذهب وأرفه نفسي قليلاً؟! كم أنا بحاجة إلى الجلوس على رمال البحر الدافئة، والاستمتاع بتلك الزرقة الممتدة إلى ما لا نهاية في لحظات بزوغ الشمس؛ وعند الغروب حين تغدو الشمس قرصاً برتقاليّاً يتوارى بطيئاً خلف حدود البحر، تحيط بها تلك الغيوم الحمراء كأنها وصيفات لها، تودعها على أمل اللقاء في صباح اليوم التالي، وستعزف النوارس مع أمواج البحر أجمل سيمفونية في الوجود... لا شك أن ذلك المنظر البهي يغسل الهم من القلوب، كما تغسل الأمطار الغبار عن أوراق الأشجار في بداية الخريف، فتلتمع نقية وصافية ونظيفة، وقد تفتحت مساماتها لتستقبل الضوء والدفء والهواء المنعش.

البحر

يبدو أننا اقتربنا من البحر، فقد رأيتُ من بعيد مدى أزرق واسعـاً، يمتد حتى حـدود السماء، ابتهج قلبي برؤية البحر، وفرح الصغار مثلي، وعلت أصواتهم: «انظروا... إنه البحر. لقد وصلنا»، فاستيقظ مَن كان نائماً من الركاب على أصواتهم البريئة.

في ساعة مبكرة قبل الشروق من يوم السبت التالي، اجتمعنا في المكان المحدد للانطلاق نحو الشاطئ، وكانت الرحلة مخصصة للسيدات، وقد اصطحبت بعضهن أطفالهن مع كثير من الحقائب المحشوَّة بالملابس والطعام وأشياء أخرى. أما أنا؛ فمثل عادتي لا أحب أن أكثر من الأشياء، واقتصرت حاجياتي على حقيبة واحدة، حشوتها ببعض الملابس وغطاء، وقليل من الطعام والشراب.

وقد حضرتُ برفقة توليب إلى المكان الذي سننطلق منه، حيث ركبنا سيارة أجرة، ووصلنا في الوقت المناسب. الحافلة التي سنستقلها من الحافلات الكبيرة الحديثة المكيفة المخصصة للسفر بين المحافظات، تُسمَّى (البولمان). ما إن وصلنا، حتى شرع السائق ومعاونه في ترتيب الحقائب في الصندوق المخصص. ثم صعدنا إلى الحافلة، وجلستُ بجانب توليب على المقعد المزدوج.

تَوارى الظلام وتقهقر أمام خيوط الشمس الذهبية التي تسربت من النافذة، حتى اضطررتُ إلى أن أسدل الستارة على الرغم من أنني عاشقة

للنور والضياء، لكن أشعة الشمس دخلت في عينيَّ، وبعد ساعة أصبح كل شيء جاهزاً وانطلقت الحافلة مسرعة.

اختارتْ توليب المقعد الأول خلف السائق، وقد منحني ذلك فرصة لأراقب المدى الممتد أمامي من خلال النافذة الزجاجية الكبيرة في واجهة الحافلة، شغل السائق أغاني فيروز التي اعتدنا سماعها في الصباح. فيروز والقهوة والصباح... كلُّ جميلٍ لا يتجزأ لدى معظم الناس في بلدي.

وبعد دقائق قليلة طلبت توليب من السائق أن يطفئ المذياع؛ لأنها تريد أن تغني مع زميلاتها. تركتُ المقعد بجانبي ووقفتُ في الممر الموجود بين المقاعد مع بعض المتحمسات وغنَّين وصفَّقن، وأصواتهن البهيجة تتناهى إلى مسمعي وأنا أستمتع بمنظر الطريق في الصباح دون أن تزعجني إحداهن...

وبعد حوالي ساعتَين من انطلاقنا، وصلنا إلى إحدى المدن الكبيرة على الطريق معروفة باستراحاتها الكثيرة والمجهزة بكل شيء. توقف السائق عند إحدى الاستراحات، ونزل الركاب، وكانت الساعة حوالي العاشرة صباحاً وقد أصبحت الشمس في كبد السماء. دعتني توليب للنزول، فقلت لها: «أُفضِّل أن أبقى في الحافلة؛ فلا حاجة لي بالنزول، ولم تزل جفوني صاحية منذ الواحدة ليلاً».

ساد الصمت، فغفوتُ قليلاً، وأعتقد أنه لم يبقَ في الحافلة أحد غيري، فاستمتعتُ بالهدوء والصمت بعد ساعات من الضجيج والحركة، ربما نمتُ نصف ساعة أو أكثر قليلاً، ولم أصحُ إلَّا على صوت السائق يفتح الباب ويستعجل الركاب بالصعود، وانطلقنا مجدداً.

أحضرت لي توليب عبوة من عصير البرتقال مع الجزر، ووجدتها لذيذةً جدّاً. تجاذبنا أطراف الحديث قليلاً، ثم نامت بجانبي، فعدتُ أراقب الطريق وأستمتع بكل مشهد يمر أمامي؛ أشجار ومنازل متناثرة هنا وهناك... آه يا بلادي الجميلة كم أهواكِ، وكم أستغرب من الذين يمتلكون الشجاعة ليهاجروا إلى بلاد بعيدة، ويموتون غرباء ويدفنون في أرض غير أرضهم، معظم الذين أعرفهم هاجروا، ذهبوا اللاجئين إلى دول أوروبا، قلة منهم عادوا ولم يستطيعوا الاستمرار، وأكثرهم كبسوا ملحاً في جروحهم وتحملوا الألم وتكيَّفوا مع الوضع الراهن، وليس كل التكيف إيجابيّاً، فبعض التكيف سلبي، قد نعتاد على وضع مؤلم أو على الأقل غير مريح، ويتكفل الاعتياد بجعلنا نتابع مسار حياتنا بالشكل الذي ألفناه، لدرجة تتركنا نعتقد أن أي تغيير سيفقدنا توازننا، وإن حدث تغيير لسبب ما، سنكتشف حينها أننا لم نكن في وضع مريح كما نعتقد، ومع ذلك فإن بعض اللاجئين صمدوا وأثبتوا وجودهم ونجحوا في أعمالهم نجاحاً مبهراً.

انعكاسات الحرب وتبعاتها ستلقي ظلالها سنين طويلة على كل تفاصيل حياتنا، وأعتقد أنها غيرت كليّاً خريطة الوجود لأجيال وُلدوا ونشأوا في خضمها، فإما أنهم خبروا الفقد واليتم وإما التشرد والحرمان، هذا إذا لم يفقدوا أحد أطرافهم أو تتشوه أجسادهم بنيران القذائف، ناهيك عن ثقافة العنف والقتل والخطف والسرقة التي تحيط بهم من كل جانب، ومَن ترك ذلك الواقع المؤلم وذهب لاجئاً أو مهاجراً إلى بلدان أخرى، فلا بد أنه قد عانى كثيراً في ذلك البلد الغريب، ويكفيه أنه قد بات يحمل لقب لاجئ بعد أن كان مواطناً في بلده، وإن كان قد كسب شيئاً فإن الوطن في

النهاية هو الخاسر الأكبر.

يبدو أننا اقتربنا من البحر، فقد رأيتُ من بعيد مدى أزرق واسعاً، يمتد حتى حدود السماء، ابتهج قلبي برؤية البحر، وفرح الصغار مثلي، وعلت أصواتهم: «انظروا... إنه البحر. لقد وصلنا»، فاستيقظ مَن كان نائماً من الركاب على أصواتهم البريئة.

نزلنا من الحافلة أمام فندق مقابل البحر تماماً، هو الذي سنقيم فيه. وتوزعنا على أماكن الإقامة. اشتركتُ مع توليب في غرفة واحدة، صعدنا إلى غرفتنا، مصطحبين أغراضنا. كانت الغرفة في الطابق الرابع، وتطل نافذتها على البحر. تحتوي على سريرَين، وطاولة، وكرسيَّين، وخزانة لها بابان وبعض الرفوف، وحمام خاص.

وضعنا أمتعتنا ورتبناها، وأخبرتنا مشرفة الرحلة أن الغداء سيكون في تمام الساعة الثالثة، وأمامنا حوالي ساعتَين ونصف حتى يحين وقت الغداء. تمددتْ توليب على السرير وغفتْ مباشرة، أما أنا فقد جلستُ مقابل النافذة أتأمل البحر وجماله الأخاذ. عميق، وواسع، ومثير... مخيف، وقاس؛ إنه البحر.

همستُ له عتاباً: «كيف لك أيها الجميل أن تخطف أرواح المهاجرين المساكين، أطفالاً ونساء، آباء وأمهات، هربوا من الجحيم في قوارب هزيلة، اتكلوا على الله ومِن ثم عليك... فغدرتَ بهم؟ ربما وجدتَهم لا يستحقون تلك الحياة القاسية، فرحمتَهم».

تمددتُ على سريري، وأخذتني الأفكار بعيداً وقريباً، وجاء موعد الغداء. اجتمعنا في المطعم، وكانت الوجبة الأساسية من السمك المشوي،

مع الأرز والمقبلات والسلطات، كان كل شيء مرتباً ومنظماً.

وبعد الغداء انتظرَنا برنامج حافل: زيارة إلى الغابة الاستوائية، وبعدها حفل فني ساهر. قضينا أوقاتاً ممتعة للغاية، وصعدنا في الثانية عشرة بعد منتصف الليل إلى غرفنا منهكين، ولكن كُنَّا مسرورين جدّاً.

في صباح اليوم التالي، تناولنا فطورنا الجماعي من المعجنات المحشوة بالجبن والزعتر واللحمة والبيتزا مع الشاي، ثم نزلنا إلى الشاطئ، ركبنا في الزوارق، وذهبنا في رحلة إلى جزيرة قريبة، بقينا فيها ساعات، تسوقنا من المصنوعات اليدوية، وكلها مصنوعة من الصدَف، منها مجسمات للسفن وأشجار النخيل وغيرها، وعدنا في موعد الغداء. ولليوم التالي كانت وجبة الغداء سمكاً مقليّاً مع المقبلات، ثم صعدنا إلى غرفنا للاستراحة حتى موعد سهرة المساء، وقضينا أمسية غنائية ممتعة جدّاً مع عشاء خفيف وبعض الموالح والمكسرات، والمشروبات الباردة والساخنة. رقصنا وغنينا مع المطرب الذي أحيا السهرة حتى الرابعة صباحاً.

وكان برنامج اليوم الثالث مثل سابقَيه من ترتيب مواعيد الطعام، وبعد الفطور ذهبنا وفق برنامج الرحلة إلى حديقة الطيور، وهي محمية طبيعية لطيور نادرة وجميلة، رأينا فيها أجمل الطيور وأندرها، طيور ملونة مبهرة، سبحان المبدع المصور لكل هذا الجمال، وأصواتها المغردة التي لا تشبه سوى سيمفونية طبيعية رائعة تعزفها أوركسترا البلابل والحساسين والببغاوات، ويقودها مايسترو مبدع خفي خلاق. وقد تذكرتُ تلك القرية التركية التي يتكلم أهلها لغة الطيور، يتواصلون بالتصفير، ويتعلمون من طيورهم الجميلة لغتها، حقّاً إن الإنسان ابن بيئته. أمضينا ساعتَين في حديقة الطيور، ثم أكملنا الطريق باتجاه قرية جبلية ساحرة تتربع وسط

خميلة غنّاء، قد صُوِّر مسلسل كوميدي مشهور فيها، فأصبحت منطقة تجتذب السائحين والزائرين بعد ذلك المسلسل. وفي حدود الرابعة بعد الظهر، عدنا إلى الفندق وتناولنا الغداء، ثم صعدنا إلى غرفنا للاستراحة، أخذنا قسطاً من الراحة، ونزلنا في الثامنة مساء لحضور الحفل الفني.

أما اليوم الرابع والأخير من رحلتنا التي لا تُنسى، فقد كان يوماً حارّاً، كل منا يمضيه كما يشاء؛ ذهب بعضنا إلى سوق المدينة، وبعضنا الآخر فضّل أن يمضي اليوم على الشاطئ... وأنا منهم، فسبحنا وركبنا الزوارق التي تُقاد بالعجلات حتى ساعات الظهيرة، ثم عدنا إلى غرفنا، وأخذنا قيلولة حتى المساء.

شعرتُ بالضيق؛ لأن اليوم هو آخر يوم في هذه الرحلة الممتعة، وأعتقد أننا جميعاً تمنينا لو امتد زمن الرحلة أياماً أُخرى. نزلنا في المساء إلى الشاطئ، واستمتعنا بمنظر الغروب والشمس تودعنا غاطسةً في البحر، هكذا كانت جدتي تخبرني عندما أسألها أين تذهب الشمس في الليل. ونادت توليب زميلاتها: «لنحضر المتّة والمكسَّرات، والقهوة، وبعض الطعام والأغطية، ونمضي سهرتنا حتى الصباح إلى أن يحين موعد المغادرة».

كنَّا ثمانيَ صبايا، والغريب أننا جميعنا نحمل أسماء الورد: سوسن، توليب، خزامى، جلنار، نرجس، مانوليا، جوري، وياسمين. كانت معرفتنا ببعضنا سطحية تماماً؛ فأنا شخصياً لا أعرف منهن إلَّا صديقتي توليب، ولأول مرة ألتقيهن في هذه الرحلة، تحدثنا وتسامرنا، وكان البحر مؤنسنا، وبعثت رطوبته في أجسامنا انتعاشاً أخاذاً.

فجأةً اقترحت توليب علينا: «ما رأيكن أن نلعب لعبة... أن تتحدث

كل واحدة منا عن أشياء مؤثرة حدثت في حياتها؛ تشعر أنها لم تستطع أن تتخطاها، إنها فرصة لنا لكي نتخلص من آلامنا وهمومنا، سنتحدث عنها ونرميها في البحر ونغادر، فالبحر عميق جدّاً يتسع لكل هموم البشر، على شرط أن كل ما نقوله في هذه السهرة سيكون سريّاً، وسننساه بعد أن نغادر هذا المكان، ما رأيكن؟»

رحَّبنا جميعاً بالفكرة، وأيدناها، ووعدنا بالالتزام. أحضرت توليب ورقة قطعتها قطعاً صغيرة، وضعت على كل ورقة رقماً من واحدٍ إلى ثمانية، وخلطتها جيداً، ثم رمتها بيننا، واختارت كل منا ورقة، ومشينا حسب ترتيب الأرقام، وجاء دوري الأخيرة.

وعلى الرغم من أنني أعتقد أن هذه التجربة جميلة وجديدة بالنسبة لي، تمنيت أن أكون الأخيرة. فمن طبيعتي أنني لا أحب التحدث عن آلامي، لكن، وعلى كل حال، لن أكون أكثر قوة من الأرض التي تهتز وترعد وتزبد عندما تتصدع قشرتها الخارجية من هول الغليان، فتزمجر غاضبة، وتطلق براكينها وزلازلها لتقول لنا: «اتقوا الله يا بني البشر... أنا أمكم الحنون، ولكنني عندما أغضب أريكم الأهوال».

وبدأت اللُّعبة!

خُزامى

ولكن ليس الفقر واليتم وحده ما كان يتربص بنا، بل أمرٌ أسوأ من ذلك بكثيرٍ وأكثر قسوةً وظلمًا، فظلم القدر نتقبله لأن لا حيلة لنا فيه، أما ظلم البشر؛ فلا يُطاق، فكيف إذا صدر من أقرب الناس إلينا!

بدت الشمس في لحظات الغروب قرصاً برتقاليّاً مشوباً بالحمرة، وقد صبغت كل ما حولها بلون الشفق. الغيوم وسطح الماء والمدى المحيط بها. بينما تُحلِّق النوارس وبعض طيور الماء بحيوية ونشاط، وهي تحط فوق الماء، ثم ترتفع من جديد في مجموعات صغيرة، حتى الطيور لا تستطيع أن تكون منفردة، سبحان الخالق. ومهما كانت الأماكن جميلة وخلابة، ستكون مملة موحشة إذا خلت من الصحبة الطيبة.

الشاطئ مكتظ بالمصطافين، ففي ساعات المساء يستعيد الإنسان حيويته ونشاطه، الأصوات والضحكات والباعة يملؤون المكان، الزوارق المستأجَرة والقوارب الصغيرة وكل أشكال النشاط والصخب تجده في هذا الوقت على الشاطئ.

ولكننا -نحن الوردات الثمانية- جلسنا فوق الرمال، وقررنا أن نسهر حتى الصباح، إلى أن يحين موعد المغادرة. وضعنا بعض الأطعمة والمشروبات أمامنا، وأصبحنا مستعدين لسماع أول وردة بيننا؛ وهي خزامى، فماذا تحمل خزامى في جعبتها؟

تبدو خزامى سيدة في بداية الأربعين، تنطق ملامح وجهها بالحزن والانكسار، ترتدي ملابس سوداء، مثل معظم أبناء بلدي الذين فقدوا أحباءهم في تداعيات الحرب المؤسفة، تلك الحرب اللعينة التي لم ترحم أحداً، فمَن لم يمت بالحرب والقذائف والخطف والتعذيب، مات من البرد والجوع والظلام والقهر، ويبدو أنها فقدت عزيزاً منذ مدة غير بعيدة. لا شكّ في أننا سنسمع منها قصة مؤثرة.

اعتدلت في جلستها، معلنة بداية الحكاية، فدعونا نصغي إليها، والإصغاء فن؛ فهو يعني أن تستمع إلى الآخر باهتمام بالغ دون أن تقاطعه، وها نحن ننصت:

كنا ستة أولاد، وأنا الكبيرة بينهم، فأسرتنا تتكون من ثلاثة أولاد وثلاث بنات، وقبل أن أبلغ الثامنة عشرة توفي والدي نتيجة إصابته بسرطان الرئة، فقد كان يدخن بشراهة، ويستهلك أكثر من علبتَي سجائر في اليوم الواحد، وهي سجائر من النوع الرديء والرخيص، ولم أدرك لماذا كان هكذا مدمناً على السجائر حتى حدث ما حدث. لقد حرقت تلك اللفافات السامة رئتَيه، وألقت به إلى التهلكة، ليس هو فقط بل نحن أيضاً بعد أن فقدناه. فعلى الرغم من مرضه الشديد، لم يستطع أن يُقلع عن التدخين إلا في الشهرَين الأخيرَين حيث ساء وضعه الصحي كثيراً، وأصبح شكله مرعباً كالأموات، مجرد هيكل عظمي يمشي على الأرض، وقد اعتدنا على سماعه يسعل ويبصق بشكل مخيف.

أما أمي؛ فلم أشعر أنها تكترث لوضعه ولا تتعاطف معه، بل تشمئز منه. وعلى الرغم من تدهور صحته يوماً بعد يوم، كانت ترتدي سراويل الجينز الضيقة، وتقص شَعرها قصيراً وتتزين وتخرج من المنزل؛ وتترك

مسؤوليات البيت ورعاية إخوتي لي أنا وشقيقتي الأصغر مني.

بعد مدة وجيزة توفي والدي، لم يقاوم أكثر من ستة أشهر، تركنا مع أم مستهترة. ولم يترك لنا مالاً أو ممتلكات؛ لم يترك سوى راتب تقاعده، ونحن ستة أبناء وأم، ذلك الراتب البسيط بالكاد يكفينا ثمن الخبز، وفواتير الماء، والكهرباء، والهاتف. ولكن ليس الفقر واليتم وحده ما كان يتربص بنا، بل أمرٌ أسوأ من ذلك بكثيرٍ وأكثر قسوةً وظلماً، فظلم القدر نتقبله لأن لا حيلة لنا فيه، أما ظلم البشر؛ فلا يُطاق، فكيف إذا صدر من أقرب الناس إلينا! من الأم التي يتوقع أن تكون الحضن الدافئ والحصن المنيع لنا، إن ذلك لا يشبه سوى زلزال يهز الأرض من تحتنا بعنف شديد؛ فنفقد قدرتنا على التوازن ولا نعرف أين نهرب، فكل ما يحيط بنا يصبح مصدراً للهلاك، وإذا خرجنا أحياء ستكون أجسادنا مثخنة بالجراح والكسور، وأرواحنا محطمة ومثقلة بالإحباط والخذلان... وكم نحتاج من وقت حتى نستعيد شيئاً من قوتنا واتزاننا!

ولم تمضِ شهور قليلة على وفاة والدي، حتى أعلنت لنا أمنا أنها سوف تتزوج، ستتركنا وحدنا وتتزوج أحد شباب القرية. وهنا بدأتُ أدرك لماذا لم تتأثر بوفاة أبي وكانت قاسية معه، وهو يكتفي بالصمت والإسراف في التدخين وإحراق رئتَيه وحنجرته، ولماذا أصبحت تهتم بمظهرها بشكل مبالغ فيه بعد وفاته؛ كأنها ليست أُمّاً لستة أولاد أيتام، أكثر ما يحتاجون إليه حنان يعوضهم عن فقدان الأب وعن الحرمان المادي، والعوز الذي يمنعهم أحياناً من تناول الطعام والاكتفاء بالخبز وحده مع الشاي.

بكينا كثيراً، ورجوناها أن تبقى معنا، وخصوصاً أن لدينا أخوَين صغيرَين في السادسة والرابعة، فطمأنتنا أنها لن تتركنا، وستزورنا يومياً.

تزوجت أمي بعد أسابيع قليلة من شاب يصغرها بعشر سنوات، وكانت حجتها أنه لا يجوز أن تبقى عازبة؛ سيطمع فيها الرجال، ويتحدث عنها المجتمع بالسوء، وأننا عندما نكبر سنلتفتُ لحياتنا ونتركها وحدها، وأن الزوج حين تموت زوجته لا يصبر على وفاتها ويتزوج بعد أسابيع قليلة.

هل تليق الأمومة بكل النساء؟ هل تستحق كل امرأة تلد طفلاً لقب أم؟ هل الأمومة وظيفة تناسلية بحتة؟ أسئلة دارت في ذهني كثيراً بعد تخلي والدتي عنا، وسأدع الإجابة عنها للأمهات وعواطفهن الجياشة التي وهبها الله لهن، وجعل الجنان تنبسط تحت أقدامهن. الأمومة هبة الخالق لكل الكائنات رحمة بها، كي تكتمل رسالة الكون وتستمر الحياة. فالأم هي تلك التي تسهر، وتُرضع، وتطعم، وتضحي، وتدافع، وتدفئ، وتغطي؛ هي الحب الكامل غير المشروط. وأمي كانت عكس ذلك تماماً!

غيرت لون شَعرها قبل زفافها، صبغته باللون الأحمر هذه المرة، وتزوجت الشاب الذي يبدو أنها كانت تعرفه وتحبه قبل أن يتوفى والدي.

وفي ليلة عرسها ذهبتُ مع إخوتي الصغار لنحضر حفل زفافها. رأيناها تلبس ثوب الزفاف الأبيض، وتضع كثيراً من المساحيق على وجهها، وعندما شاهدها إخوتي الصغار، ركضوا إليها منادين: «أمي... أمي»، وبكوا بصوت عالٍ، وهي تزجرهم: «اذهبوا من هنا، اذهبوا... هيا»، ونادت عليَّ غاضبة: «خذي إخوتكِ، وانصرفي».

اعـذروني إن بكيتُ قليـلاً! أخـرجتْ منديـلاً من جيبـها، ومسحت دموعها.

بدت الشمس أكثر احمراراً وأصغر حجماً، وارتفع صوتُ النوارس كأنه يودعها حتى صباح الغد، هبت نسمة قوية، وعلت الأمواج. تناولت خزامى كأس الماء وشربت منها رشفةً، ثم ارتفعت نبرة صوتها قليلاً، وتابعت ونحن نصغي إليها بكل جوارحنا، وفي داخل كل منا رسائل مختلفة، ولكن المضمون أكيد واحد وهو مدى قسوة تلك الأم وأنانيتها.

أخذتُ إخوتي إلى المنزل، وحضنتهم، وبكيتُ معهم وهم يصرخون: «أين أمي؟ نريد أمي»، وأنا أقول لهم: «غداً صباحاً ستأتي لتأخذكم... لا تخافوا يا أحبائي». ولكن أمي لم تأتِ ولم تسأل عنا، فقد كانت في شهر العسل، ولا شك أنها تمضي أوقاتاً ممتعة مع فارس الأحلام.

ومع مرور الأيام أخذنا نعتاد على غيابها، أنا وأختي الأصغر مني نهتم بالمنزل وبرعاية إخوتي الصغار، وطبعاً تركنا دراستنا، وأخي الذي يصغرني بعام صار يعمل ويساعد في تأمين مصاريف المنزل، وعمي الذي يحمل رتبة ضابط في الجيش ويقيم في العاصمة كان يرسل إلينا بعض المال، وتلقينا مساعدات من بعض المحسنين وفاعلي الخير، مساعدات مالية أو مواد غذائية، وأخذت جارتنا المسنة التي تسكن بجوارنا تهتم بنا وتزورنا يوميّاً وتطمئن علينا، وأحياناً تقدم إلينا بعض المال، فقد كانت ميسورة الحال ووحيدة. كانت أمّاً حقيقية، كنا نناديها (الجدة).

وبعد حوالي ثلاثة أعوام، سافر أخي إلى إحدى دول الخليج، وأصبح يرسل إلينا المال، وتحسن وضعنا.

أما أمي؛ فكانت تمر من أمام منزلنا باستمرار، شَعرها مصبوغ دائماً باللون الذهبي، وتتأبط ذراع زوجها... وتلقي علينا التحية من بعيد.

وعندما علمتُ أن أخي علي حضر من السفر، أتت لتسلم عليه، وتطلب منه مبلغاً من المال، لأن زوجها قليل التدبير، واتكالي ولا يحب العمل، وفعلاً قدم إليها أخي بعض المال، وأصبحت تزورنا باستمرار، وتطلب المساعدة المالية من أخي.

وخلال عشر سنوات تزوجت شقيقتاي، وتحسن حالنا، ورفضتُ أنا أن أتزوج حتى أطمئن على إخوتي جميعاً، وتزوج أخي الذي يصغرني بعام، وأقام في منزل أهلي، وسافر أخي الصغير مع علي إلى الخليج، وبعدها جاء لخطبتي شاب من عائلة جيدة، فتزوجتُهُ، وعشتُ معه حياة هانئة وسعيدة، وأشعر أن الله أراد أن يكافئني على تضحيتي من أجل إخوتي.

ثم تزوج أخي الأصغر، ولم يبقَ سوى علي دون زواج، فأخذنا نضغط عليه كي يتزوج، فهو الوحيد الذي بقي عازباً، وهو أكثر مَن ضحى لتأمين مصروف البيت.

وبعدها تزوج فتاة يتيمة الأب، جميلة، وطيبة وصغيرة السن، وكان يقول إنها يتيمة مثله، وسيعوضها عن حرمانها من أبيها وهي ستعوضه عن الأم الحاضرة الغائبة، وبعد شهور من الزواج حملت زوجته بطفلة، وكانا سعيدَين للغاية وينتظران قدومها على أحرّ من الجمر.

وكانت زوجته في الشهر السابع، عندما حصل تفجير في الشارع المؤدي إلى المنزل الذي يقيم فيه علي، واستشهد فوراً، ولا ذنب له إلا أنه قد مرّ مصادفة من ذلك المكان.

أحرق رحيله قلوبنا. ومنذ تلك الحادثة المشؤومة وأنا لا أنام إلا لحظات، لا يغيب علي عن بالي، أتت ابنته يتيمة إلى هذه الدنيا، هل اليتم

وسوء الحظ يورث؟ ربما!

كرهتُ الطعام والشراب والحياة، كرهتُ كل شيء؛ حتى زوجي الطيب وأولادي ابتعدتُ عنهم، وأصبحتُ شديدة العصبية، ذهب علي وأخذ معه كل شيء جميل. راجعتُ طبيباً نفسياً، وقال: إنني مصابة بالاكتئاب، وصرت أتناول أدوية مضادة للاكتئاب وأخرى تساعدني على النوم والاسترخاء، أريد أن أنسى كل شيء، ولكنني لم أستطع أن أنسى، وفكرتُ أن أتبنى الطفلة الصغيرة، فأمها لا تزال في الثالثة والعشرين، ومن الصعب أن تمضي بقية عمرها عازبة، والصغيرة هي ابنة أخي الغالي علي صاحب الفضل علينا جميعاً، أخبرتُ زوجي بنيتي في تبني الطفلة، فتقبل الموضوع، وقال: أحسبها واحدة من أبنائي، ووجدت أنه من الصعب عليَّ أن أتحدث مع أرملة أخي في الموضوع، فتحدثتُ إلى أمها، وقد رحبتْ بالفكرة وأيدتني وشكرتني كثيراً، وتركتُ لها مهمة أن تحدّث ابنتها وتستشيرها، فأن تترك أم طفلتها الصغيرة فهو بلا شك أمر في غاية الصعوبة، وقد رفضت الأمر في البداية، ولكنها وافقتْ فيما بعد، وخصوصاً أن ابن عمها تقدم لخطبتها، وأخذتُ الصغيرة وهي لا تزال في الأشهر الأولى، وأسميتها عُلا ليكون اسمها قريباً من اسم أبيها.

ومنذ أن دخلت تلك الصغيرة بيتنا، تغيرت حياتنا، وقد تحسنت حالتي النفسية كثيراً، وتعلقنا بها كلنا، وهي تناديني ماما وتنادي زوجي بابا. أصبحتْ الآن في الخامسة من عمرها، وتأتي أمها لزيارتها باستمرار، وقد جئتُ إلى هذه الرحلة من أجلها؛ من أجل سعادتها.... أحبها كثيراً.

تناولتْ عوداً من الأرض، وكتبت على رمل الشاطئ اسم: عُلا.

سمع البحر قصة خزامى، وأعتقد أنه تأثر مثلنا، وكانت موجاته تشهد بذلك، وسوف يروي قصة تلك السيدة العظيمة التي حملت قلب أم وهي طفلة، وأكملت تضحيتها؛ سيرويها لكل المسافرين على متنه، ويقول لهم: «كنتُ أعتقد أنني الأكثر اتساعاً، لكن قلب تلك السيدة أكثر اتساعاً مني. وكنتُ أظنني الأكثر جمالاً وبهاءً، لكن عواطفها كانت تضاهيني جمالاً وبهاءً. طوبى لكِ أيتها الأم العظيمة».

جلنار

ولكن هل سيدعني الزمن أحقق كل ذلك وهو يجري مسرعاً مثل قطار لايتوقف عند محطات؟ أعتقد أنني أخسر كل شيء. لم أتزوج، ولم أحصل على عمل، وخفتُ أن تمضي حياتي سدى، وبلا أي مستقبل .

حان دور جلنار، وهي فعلاً تبدو كالجلنار.

أتذكر جيداً شجرة رمان في حاكورة جدي، عندما رأيتُ أزهارَها الحمراء أول مرة كنتُ في السادسة أو السابعة، وفي إحدى المرات حاولتُ أن أقطف من تلك الأزهار الحمراء اليانعة، فزجرتني جدتي قائلة: «لا تقطفيها؛ فبعد أشهر قليلة ستتحول كل زهرة إلى حبة رمان كبيرة شهية».

وكم استغربتُ ما قالته جدتي! هل فعلاً هذه الأزهار ستصبح حبات فاكهة كبيرة؟ كم سيبدو ذلك مدهشاً. وصرتُ أرقب تلك الأزهار باستمرار؛ لأرى ذلك التحول المذهل من زهرة إلى ثمرة.

وما إن حان فصل الخريف، حتى ظهرت تلك الأكواز الجميلة اللذيذة الفاتنة، وأذكر جيداً كم حدثتني جدتي رحمها الله عن روعة الرمان، وفائدة قشوره وكيف كانوا يستخدمونها في الدباغة وفي صناعة الكحل العربي.

تهدَّم بيت جدي، واقتُلعت شجرة الرمان، وأقام أولاد خالي مكانها

بناء لهم، ولم يبقَ من بيت جدي سوى بعض حجارة سوداء مبعثرة هنا وهناك، وبعض الذكريات المحفوظة في ذاكرتي، وربما في ذاكرة المكان، والتي تزورني كل حين في الأحلام.

***

بدت جلنار أمامي جميلة ورقيقة مثل زهرة الرمان، وستبدأ في الحال في رواية قصتها:

كنتُ طفلة ذكية كما قال عني الجميع، وخصوصاً المعلمون الذين أشادوا باستمرار بتفوقي واجتهادي، وتوقعوا لي مستقبلاً مشرقاً في أحد التخصصات العلمية البارزة، وكم كنتُ أطمح أن أصبح طبيبة قلب أداوي القلوب المرهقة، ولكنني أصبحتُ صاحبة القلب المرهق، الذي يحتاج إلى مَن يداويه، والجاني هم أهلي؛ فقد أخرجوني من المدرسة بعد أن نلت شهادة التعليم الإعدادي، ولم تفلح دموعي وتوسلاتي بأن أتابع دراستي، حتى أن بعض المعلمين اتصلوا بأبي يلومونه لأنه أخرجني من المدرسة، ويدعونه للتراجع عن قراره، ولكنه أصر مع والدتي على جعلي مربية لإخوتي، ولأقوم بمسؤولية المنزل من تنظيف وطبخ حتى يستطيع والداي العمل خارج المنزل، فقد كانت ظروفنا المعيشية صعبة للغاية، وكنت أنا الضحية لأنني الأكبر بين إخوتي.

تابع أشقائي دراستهم والتحقوا بأعمالهم، وأخذوا يتزوجون واحداً تلو الآخر. أما أنا؛ فكلما تقدم شاب لخطبتي، يرفضه أهلي لأنهم لا يستطيعون الاستغناء عن عملي في البيت، وهكذا مرّ الزمن، حتى تجاوزتُ الخامسة والثلاثين، وفرغ المنزل، ولم يبقَ أحد سوايَ مع والديَّ المسنَّين، فشعرتُ

36

بالرعب من الزمن، فقد قل عدد الشباب الذين يتقدمون لخطبتي، ولا يأتي إلا المسنّ أو الأرمل، فمعظم الناس في مجتمعنا يعتبرون الفتاة التي تتجاوز الثلاثين عانساً، وأشعر أنني أفقد كل يوم فرصة الزواج والإنجاب.

أريد أن أصبح أُمّاً، فأنا أعشق الأطفال، أريد أن أحمل طفلي بين ذراعيَّ، وأن أرضعه وأحممه، وأراه يمشي أولى خطواته، ويركض في اتجاهي لأعانقه ويقول لي: «ماما»، ويرافقني إلى الحديقة ليلعب بالألعاب والرمل وألتقط له صوراً، وأراه يحمل حقيبته ويذهب إلى الروضة والمدرسة؛ لا لن أدعه يحملها، أنا سأحملها عنه. سأشتري له ملابس جميلة، سأحضر له كل ما يحب، وسأكرس كل وقتي لتعليمه، وربما أرسم معه وألوّن، لن أدعه ينام وحده في سريره؛ سأجعله ينام قربي لأطمئن عليه وأغطيه جيداً.

ولكن هل سيدعني الزمن أحقق كل ذلك وهو يجري مسرعاً مثل قطار لايتوقف عند محطات؟ أعتقد أنني أخسر كل شيء. لم أتزوج، ولم أحصل على عمل، وخفتُ أن تمضي حياتي سدى، وبلا أي مستقبل.

أقمتُ مع والديَّ في العاصمة، ولكن بسبب ظروف الحرب فقدنا منزلنا، فاستأجرنا منزلاً للإقامة فيه، وبعد مدة وجيزة توفي أبي، ثم تبعته أمي، وانتقلتُ للسكن مع أخي الأصغر وزوجته، طبعاً لم أشعر بالراحة عندهما، أحسستُ أنني ثقيلة جدّاً علَيهما، فالمنزل ضيّق المساحة مثل معظم منازل المدن المكتظة، ومن حقهما أن يتمتعا بحريتهما في المنزل، وبقي لديَّ بصيص أمل في فرصة زواج قادمة تخلصني من هٰذا الوضع.

وبعد سنتَين أتاني خاطب في الأربعينيات، سبق له أن تزوج قبلي، وهو منفصل عن زوجته بحجة أنها لا تُنجب كما قال: تزوجتُه، وبقيتُ سنة

معه، ذقتُ خلالها كل أنواع العذاب، كان يضربني منذ أول أسبوع من زواجنا، ويسمعني كلاماً بذيئاً، هو عصبي المزاج للغاية، وعندما يغضب يصبح شديد العدوانية، يضربني ويكسر أي شيء يقع في يده، صرتُ أخافه بشدة، وأشعر كأنه قنبلة موقوتة يمكن أن تنفجر في أي لحظة. لم أستطع الاستمرار، فرفعت دعوى، وحصلت على الطلاق، وعدتُ للإقامة في منزل أخي.

أثَّرت الحادثة كثيراً على حالتي النفسية، فقد حلمت كثيراً بأن أتزوج وأستقل في حياتي، ولكنني بدلاً من ذلك عدتُ مطلقة إلى بيت أخي منكسرة جدًّا وغير مرتاحة، أرى التبرّم والضيق في وجه زوجة أخي وفي أسلوب حديثها معي، كأنها تقول لي: «عدتِ مجدداً لتجثمي كصخرة ثقيلة فوق صدورنا».

بعد مدة اقتسمنا تركة والدي، فاشتريتُ منزلاً، وأقمتُ فيه وحدي. شعرتُ بالراحة لأنني أسكن وحدي ولا أثقل على أحد، ولكن الشعور بالوحشة لا يفارقني، وعادت ذكريات زواجي المؤلمة تشغل ذهني بشكل كبير لدرجة أنني لا أستطيع الاستغراق في النوم، أرى زوجي السابق في كوابيسي يحاول قتلي... وتملكني القلق من المستقبل، فلو كان لديَّ ابن أو ابنة تؤنس وحشتي وتقر بها عيني، لما عانيتِ كما هو حالي الآن، أتمنى لو أستطيع أن أتبنى طفلاً، ولكن وضعي المادي لا يسمح بذلك.

أشعر أنه قد فاتني الوقت لأفعل أي شيء، والألم والملل والوحدة لي بالمرصاد.

ثمّ فكرتُ جيداً؛ لا يزال الوقت متاحاً لي لأفعل شيئاً، أي شيء يشغل

وقتي ويدر عليَّ مالاً، التحقتُ بمشغل للخياطة، وتعلمتُ العمل على الماكينة الصناعية، واقتنيتُ واحدة. في النهار أعمل في المشغل، وأُكمل العمل مساء في المنزل على ماكينتي الخاصة، وصرتُ أعمل حتى في أيام العطل. وهكذا ملأتُ وقتي، وخرجتُ من عزلتي، وقد أتمكن يوماً من افتتاح مشغل لي وحدي، وسأعلِّم المهنة للفتيات اللواتي يحتجن المساعدة. العمل نعمة من الله؛ إنه يجعلنا ننسى أحزاننا، ونتحايل على الملل والفراغ.

❋❋❋

أنهتْ جلنار قصتها... وقد أعادت إلى ذاكرتي من جديد تلك الأزهار الحمراء التي تحوَّلت إلى أكواز رمان فاتنة ذات طعم فريد ومميز وفائدة صحية رائعة، وحتى قشورها دواء للأعين المتعبة. تذكرتُ تلك المكحلة الجميلة التي أهدتني إياها جدتي منذ زمن بعيد، ولا يزال فيها ذلك الكحل الأسود الذي صنعته من قشر الرمان.

يا ترى لو كانت جدتي ما تزال حية، ورأت أحفادها يقتلعون شجرة الرمان ليشيدوا مكانها بناء، هل كانت ستحتدّ كما احتدّت عندما رأتني أقطف زهرة الجلنار؟ آه يا جدة! كم نحرص على أزهارنا، وليتنا نستطيع أن نحميها دوماً من أيدي العابثين!

مانوليا

بعد الزواج تغير كل شيء. الزواج هو الاختبار الحقيقي والواقعي لطبيعة شخصية كلا الزَّوجَين، وطبيعة علاقتهما، ومدى قدرة كل منهما على التحمل، وهذا ينطبق على كل شيء في الحياة، فالتجربة- كما يقولون- خير برهان.

لا يزال البحر ساهراً معنا، لم تهدأْ أمواجه، ينصتُ مثلنا بكل جوارحه، لقد قررتْ كلٌّ منا أن تفرغ حمولتها الانفعالية في هذا البحر الواسع، وعلى صدى أمواجه المتواترة ستبدأ مانوليا حكايتها، تلك السيدة الأنيقة الجميلة ذات العينَين الخضراوَين والوجه الدائري والشامة الكبيرة تحت شفتها السفلى التي تميزها وتجعلها أكثر جاذبية. وهي متوسطة القامة، تبدو مثقفة وحساسة، لكنها الآن تبدو مترددة بعض الشيء. أخذنا نشجعها، وصفقنا لها، فبدأت تروي قصتها:

لا أدري من أين أبدأ، وماذا أقول، هناك كثير من التفاصيل المرهقة. أمضيتُ طفولة غير سعيدة، فوالدي كان رجلاً قاسياً جدّاً، ووالدتي سيدة مسكينة مغلوبة على أمرها، وتشبه نساء عصرها اللواتي ينحزن بالفطرة للأولاد الذكور، وخصوصاً الولد الأول. وربما يعود ذلك إلى طبيعة المجتمع الذي تميل دفته نحو الذكور واعتبارهم مصدر القوة، أو أن ما يقوله بعض علماء النفس هو الأصح؛ فالأم أكثر ميلاً للأولاد، والأب أكثر ميلاً للبنات. وقد لاحظتُ ذلك التمييز بيني وبين أخي الذي يكبرني

بعام ونصف منذ كنتُ صغيرة جدّاً؛ ليس من قِبل أمي وحدها، بل من قِبَل جدتيَّ لأمي وأبي، وهو ما جعلني أرفض ارتداء ملابس البنات والإصرار على اتداء ملابس أخي، ويبدو أنني كنتُ أعتقد أن المسألة مرتبطة بنوع الملابس.

ليس هذا فقط، بل لا أزالُ أذكر جيداً كيف كانت تستفزني أمي باستمرار حين تذكر علانية على مسمعي ومسمع أخي أنني عصبية مثل خالتي، التي تستفزها جدتي بكلمات تكرهها وتجعلها عنيفة وعدوانية، حتى يضربها شقيقها الأكبر (خالي). وخالتي تعاني من اضطراب نفسي أدى بها إلى الانتحار وهي في الخمسين.

ومثل كثير من الأمهات- وهو أمر يدعو للأسف- جعلت أمي شقيقي الأكبر شخصية متسلطة عليها وعلينا. وربما أرادت، بسبب قسوة والدي، أن تعوض شيئاً من أنوثتها المستضعفة، وخصوصاً أن والدي يسافر طويلاً، ما أوحى لأخي أن يلعب دور رجل البيت وهو ما يزال طفلاً. كل تلك المعطيات خلقت جوّاً دائم التوتر في الأسرة، وكان أخي يعارضنا في أي سلوك.

أما والدي، الذي يأتي في إجازات قصيرة، فهو أكثر عنفاً، لدرجة أنني وصلتُ إلى هذا العمر وأستغرب عندما أجد أباً حنوناً مع أسرته! كنا لا نجرؤ على التحدث إليه، ولا نجرؤ حتى على النظر في عينَيه. صحيح أنه لا يضربنا، ولكن كلماته جارحة وحادة كمخالب صقر؛ لذلك تحاشيناه بكل السبل، وفضل هو العزلة.

وعلمتُ، عندما كبرتُ وصرتُ أكثر إدراكاً للأمور، أن والدي لا

يستطيع أن يعاشر أحداً، حتى في عمله في بلد الاغتراب تحاشوه جميعاً لسلاطة لسانه وصعوبة إرضائه، باستثناء صاحب العمل الذي وثق به كثيراً لأنه شديد الإخلاص لعمله، ويحارب من أجل تلك الشركة التي يعمل فيها كأنها شركته الخاصة. ربما لأن هذا النمط من الشخصيات المتسلطة يحب الخضوع لذوي السلطة والمال ولِمَن يعتقد أنهم أكثر قوة منه. وللأمانة فقد ظلَّ صاحب الشركة يرسل إليه المال عند كل رمضان بعد تقاعده، كعربون محبة لإخلاصه وتفانيه، حتى توفي صاحب الشركة، وحزن والدي عليه حزناً بالغاً. واليوم هما في دار الحق رحمهما الله.

مرت الأيام، ونلتُ شهادة التعليم الثانوي، كنتُ أحب اللغة الإنجليزية، وتمكنتُ من الالتحاق بالجامعة لدراسة ذلك التخصص. ولكن معدلي لم يسمح لي بالالتحاق بالجامعة القريبة من مدينتي، فالتحقتُ بجامعة بعيدة جدًّا، فنحن في أقصى الجنوب وتلك المدينة في أقصى الشمال.

أقمتُ في السكن الجامعي، ولكنني تعثرتُ في دراستي؛ مشكلتي في الحياة أنني لا أستطيع أن أستمر في أي مشروع أبدأه.

وبعد مُضي سنتَين، تركتُ الجامعة وعدتُ إلى قريتي، شاعرةً بالفشل والهزيمة، وخصوصاً أن شقيقاتي يتابعن دراستهن الجامعية، عدتُ إلى جو القرية الممل. حاولتُ أن أتعلم مهنة الحلاقة النسائية، ولكنني لم أوفق في ذلك أيضاً بسبب عدم وجود بيت في المدينة حيث ينبغي أن أتعلّم تلك المهنة. ذلك أن قريتي تبعد مسافة خمسة وأربعين كيلو متراً عن المدينة، ومن الصعب عليّ أن أذهب وأعود من المدينة كلّ يوم، ما وقف عائقاً أمامي لتحقيق شيء من طموحاتي.

حاصرني اليأس والفشل، وعندما بلغتُ الخامسة والعشرين، زارتنا عمتي التي تقيم في دولة مجاورة، ودعتني لزيارتهم في بلدها، ورغبتُ في تلبية دعوتها، فرافقتها عند عودتها إلى البلد الذي تقيم فيه، وليتني لم أذهب.

هناك تعرفتُ على ابنها الأكبر، أي ابن عمتي، الذي طالما زارنا وهو صغير؛ أما بعد أن أصبح شابّاً، فلم يأتِ إلينا أبداً.

نشأت قصة حب بيننا، واتفقنا على الزواج، وبعد شهر عدتُ إلى منزل أهلي. وطُرح الموضوع بشكل رسمي، وقد رحبت جميع الأطراف بفكرة الزواج، وتمَّت إجراءات الزواج التي لم تَخلُ من مشكلات؛ فعمتي امرأة متسلطة وقاسية وسليطة اللسان، مثل والدي، ولكنها تختلف عنه بأنها بخيلة جدّاً عكسه، وابنها العريس لم يحضر معها لإتمام الزواج، وفضَّل أن يبقى في بلده، وهو ذو شخصية انسحابية بصورة مرضية، ولكنني لم أفكر كثيراً في موضوع عدم حضوره؛ وقد برره بسبب عمله في الجيش.

بعد الزواج تغير كل شيء. الزواج هو الاختبار الحقيقي والواقعي لطبيعة شخصية كلا الزَّوجَين، وطبيعة علاقتهما، ومدى قدرة كل منهما على التحمل، وهذا ينطبق على كل شيء في الحياة، فالتجربة- كما يقولون- خير برهان. والحقائق لا تظهر إلا بعد معايشة الواقع وعند مواجهة المواقف. وأنا شخصيّاً أعتقد أن الشريك سواء- كان الزوج أم الزوجة- لا يستطيع إدراك حقيقة شريكه إلا بعد مدة من الزواج؛ عندها تبرز سمات الشخصية الحقيقية. وبعض عيوب الشخصية يمكن قبولها والسكوت عنها، فلا يوجد شخص كامل، ولكن هناك عيوب مدمرة ومن الصعب تقبلها.

وهذا ما كان يُخبئه لي القدر مع زوجي. لقد بدأتْ كثير من الأمور تتكشف بعد الزواج، فقد تبين أن زوجي شديد الانسحاب الاجتماعي. فكلما حضر ضيوف إلى منزلنا، يرفض مقابلتهم ويختلق دائماً مبررات لذلك، فيتولى والده- كان لا يزال على قيد الحياة- مهمة استقبال الضيوف. حتى مَن قدم منهم للمباركة في الأيام الأولى من زواجنا لم يقابلهم، بل ترك المهمة لوالده الذي يعتذر مجبراً بأن ابنه مشغول، أو في العمل. ولكن الحقيقة أنه مختبئ في المنزل لا يود مقابلة أحد.

لم يجرؤ أحد من أهله على أن يكلمه، بمن فيهم والده. وقد روت لي فيها بعد أخته أنه ضرب مرة والدته، فهو شديد العصبية وألفاظه قاسية جدّاً، وخصوصاً مع والده الذي كان- على عكسه تماماً- شخصاً طيباً واجتماعيّاً ودمث الطباع. ولكن يبدو أن زوجي قد ورث طباع خاله أي والدي، وما هربتُ منه في بيت أهلي وجدته أمامي في زواجي، فكنت كالمستجير من الرمضاء بالنار. ولكن وضع زوجي أسوأ من وضع والدي، وسأكلمكم بعد قليل لماذا.

⁕⁕⁕

غابت الشمس تقريباً، ولم يبقَ من الشمس سوى اللون الأرجواني الأحمر يصبغ الغيوم التي زفتها إلى مخدعها. حتى سطح المياه بدا أحمر، وظهر سرب من الطيور زاد المنظر روعة، وأخذ بعضهم يصور ذلك المشهد الرائع.

وبعد بضع دقائق، عادت مانوليا تكمل لنا حكايتها:

خلال الفترة الأولى من زواجي عشتُ مع عمتي وزوجها واثنَين من

47

أبنائهما لا يزالان يافعَين. كان لي غرفة على سطح المنزل دون مطبخ أو حتى حمام خاص. وقد مرت عليَّ فترة صعبة جدّاً، فليس أصعب من أن تعيش دون أن يكون لك أدنى درجة من الخصوصية والحرية؛ فتصبح محكوماً بكل شيء، بدءًا من تناول الطعام حتى الاستحمام، فكيف إذا كنتَ تقيم مع شخص شديد البخل من الصعب إرضاؤه، وعليك أن تستقبل ضيوفه، وتفني وقتك وأعصابك في مسايرته!

بعد ستتَين من المعاناة، بنينا منزلاً صغيراً فوق منزل أهل زوجي، وانتقلنا للسكن فيه. اعتقدتُ أنني سأكون أكثر راحةً في منزلي الخاص، إلا أن المشكلات قد زادت؛ فعمتي تتدخل في كل صغيرة وكبيرة ولا تترك لي أي مقدار من الخصوصية.

كان مدخل المنزل مشتركاً، ولم يوافق زوجي أبداً على بناء مدخل مستقل لمنزلنا، وكانت عمتي بالمرصاد لكل ضيف يأتي لزيارتي، وتمطرني بكلماتها القاسية كلما مررتُ من أمامها خارجة أو داخلة إلى المنزل.

خلال هذه المدة أنجبتُ ابني الأول، وكانت طفولته صعبة للغاية، فقد عانى من أعراض مرضية في طفولته، ولأنه الحفيد الوحيد في المنزل؛ يتدخل أهل زوجي في كل صغيرة وكبيرة، ويحاولون إبعاده عني ليسيطروا عليه، وازدادت مشاكلنا وتفاقمت، ولم يقبل زوجي أن يقوم بأي إجراء لتحسين وضعنا، أصبحت علاقتي بأهل زوجي سيئة للغاية.

بعد ثلاث سنوات أنجبتُ ابني الثاني، وأخذتْ أموري تسير من سيئ إلى أسوأ. زوجي شديد العصبية، وعمتي تحرضه ضدي، حتى غدت حياتي جحيماً لا يطاق. وكلما تضايق من موقف يضرب ابني الأكبر،

ويحبسه في الحمّام حتى يُجَن. استطعتُ أن أقنع زوجي بمغادرة البلد إلى بلدي، فأنا أشعر أنني غريبة في ذلك البلد، وأريد أن أكون قرب أهلي. وأقنعته أننا سنبدأ هناك حياة جديدة، بعيداً عن المشكلات.

استأجرنا منزلاً جميلاً في بلدي، وشحنّا أثاث بيتنا وانتقلنا إلى مسكننا الجديد. ولم نمكث سوى أسبوع واحد، حتى وصلنا خبر وفاة والد زوجي. سافرنا سريعاً لحضور العزاء، وأخذتْ أصابع الاتهام تُشير إلينا بأننا سبب وفاته، لأنه كان شديد التعلق بالأولاد، ولم يتحمل فراقهم، فأُصيب بسكتة قلبية، كما زعموا. ولم تترك عمتي أحداً من المعزين إلَّا وأخبرته بأننا سبب وفاة والد زوجي، فعدنا إلى بيتنا القديم الذي هربنا منه، وشحنا عفشنا مرة أخرى، وفي هذه الفترة زادت حالة زوجي سوءاً، وزادت علاقتنا توتراً؛ فهو يعتبرني سبب انتقالنا وابتعادنا عن أهله، والذي أدى إلى وفاة والده. واختصاراً؛ فأنا سبب وفاة والده!

كل يوم يمر أسوأ من الذي سبقه، لقد عملتْ عمتي على تشويه سمعتي بين أهل الحي وبين كل معارفنا، فأصبحت في نظرهم صعبة المراس وقاسية. وبعد حوالي سنتَين حدث أمر جديد، كان القشة التي قصمت ظهر البعير، فقد تطلقت أخت زوجي الكبيرة، التي كانت متزوجة من أحد أقربائي في بلدي. وقد تطلقت بسبب تهمة أخلاقية مشينة، وعادت إلى منزل أهلها. وهنا زادت معاملة زوجي وعمتي سوءًا، وأخذا ينتقمان مني كأنني أنا المذنبة، وأصبحتُ كبش فداء لهم. ألستُ الحلقة الأضعف بينهم! والأعجب من ذلك هو أن لا يدافع عني أحد من أهلي، أو يتدخل.

وبعد مدة وجيزة، طلب مني زوجي أن أغادر المنزل، وبعد أن ذهب طفلايَ إلى النادي، حزمتُ حقائبي، وسافرتُ إلى منزل أهلي منكسرة

كشخص خرج من زلزال مدمر أفقده كل ما يملك، عائلته وبيته وماله... وكل شيء.

بقيتُ مدة عند أهلي، أعاني من بُعدي عن أولادي، فبعد أن تحملتُ كل ذلك الوضع المهين، طردني زوجي وأبعدني عنوة عن أطفالي، والمصيبة أنه في بلد آخر، بيننا حدود وسفر.

مرّت أيام صعبة عليَّ، وتعلم كل أمّ ما الذي يعنيه حرمانها من أطفالها. وبعد شهر أرسل إليَّ وساطة كي أعود، فعدتُ من أجل أطفالي، تحسنتْ معاملة زوجي معي مدة وجيزة، ثم عاد أسوأ مما كان. أصبح مهووساً تماماً بالأمور الجنسية، طوال فترة مكوثه في المنزل يشاهد الأفلام الإباحية من دون أن يخجل مني، أو من أطفاله. ولم يتورع عن إقامة علاقات قذرة مع أي امرأة أو فتاة تقبل ذلك. رفضتُ الأمر بشدة، وقررتُ أن أسافر مع أطفالي وألَّا أعود إليه أبداً، إلا أنه جاء بعد شهر، وقام بمسرحية تافهة أمام أهلي، وأنني أتهمه بأمور غير أخلاقية، وأخذ الطفلَين عنوة وهما يصرخان ويبكيان، وغادر.

عشتُ أبشع أيام حياتي وطفلايَ لا يغيبان عن ذهني، أنظر في صورهما وأبكي. ابني الكبير كان في الحادية عشرة، يتصل بي سرّاً كلما استطاع أن يفعل ذلك. ولم يحسن أهلي معاملتي؛ فوالدتي تتبرم من وجودي وتقول إنها لا تريد أحداً في المنزل، أما والدي فكل همه أن يأخذ مني مصاغي الذهبي، وأخي العازب الذي يقيم في المنزل ليس لديه عمل ولا دخل يمكن أن يساعدني به. عشتُ سنة صعبة للغاية.

وبعدها أتى زوجي برفقة عمه وزوجة عمه، ورجاني أن أعود معه،

فعدتُ من أجل أطفالي. تحسنت علاقتي بزوجي قليلاً، ولكن مرحلة جديدة من المتاعب والمشكلات كانت في انتظارنا، فقد ظهرت أعراض الاضطراب النفسي على ابني الكبير. انتابته نوبات من الهلع الشديد، ولم يستطع أن يتابع دراسته، وأصرّ والده على متابعة دراسته على الرغم من مرضه. مرّت علينا لحظات عصيبة للغاية، فقد حاول الانتحار أكثر من مرة، وحاول أن يقتل والده، ثم دخلنا معه في دوامة العلاج النفسي والتكاليف المادية الباهظة، وواجهنا لحظات تشبه مَن يمشي في حقل ألغام، ويتوقع في كل خطوة أن ينفجر ويتحوّل إلى شظايا.

بعد مدة من العلاج تحسن وضع ابني، وهدأت نوبات الهلع لديه، وتابع دراسته مع المواظبة على تناول الأدوية والمهدئات. وبعدها قرر زوجي أن نغير مكان سكننا، واستأجر لنا منزلاً في إحدى الضواحي التي تبتعد حوالي أربعين كيلو متراً عن العاصمة، وهي منطقة نائية، لا يوجد فيها أي وسائل نقل سوى السيارات الخاصة. كان يذهب بسيارته إلى عمله وعلاقاته، ويتركنا نعاني دون وسيلة نقل، ولا نعرف ماذا نفعل.

في هذه المرحلة تسلط زوجي على ابني الصغير، يضربه ويشتمه ويمتنع عن أخذه إلى المدرسة بسيارته، ولم يكن هناك حل سوى أن ينتقل للسكن مع عمته وجدته حيثُ بيتنا القديم. وبقينا على هذه الحال، حتى تركنا ذلك المنزل النائي أخيراً، واستأجرنا شقة في قلب العاصمة، وفي هذه الفترة درس ابني الصغير، وتخرج من الجامعة، وتخرج ابني الأكبر أيضاً، وحصل على وظيفة مرموقة، وهو موهوب في تعلم اللغات، يتقن أكثر من لغة. تحسنت أمورنا المادية، إلّا أن زوجي لم يتغير، بل زاد هوساً؛ لقد استأجر شقة أخرى لممارسة الرذيلة، وقد وجدنا مرات عدة في موبايله

أفلاماً وصوراً له ولعشيقاته هنا في منزلنا الذي نقيم فيه، مستغلًّا سفري في زيارات لأهلي؛ بل حتى وجدنا أفلاماً وصوراً في منزل أهله، ومع قريبات له يمارس معهن تلك العلاقات المشينة.

لذلك قلتُ لكنّ في البداية إن والدي أرحم منه؛ فوالدي عصبي وقاسٍ، ولكن لم يقم في حياته علاقة مع امرأة غير أمي.

أعتقد أنكن تتساءلن كيف تتحمل امرأة كل تلك المهانة والإذلال، أقول لكم إنني أكرهه، وإننا نعيش معاً في منزل واحد مثل الأعداء؛ هو معظم الوقت خارج المنزل في العمل أو مع عشيقاته، وأنا أهتم بولديَّ وشؤونهما. وهذا لا يعني بالطبع أنني مرتاحة للحياة بهذا الشكل، ولكن ظروف الحرب في بلدي، والغلاء، وانعدام الأمن، وصعوبة الحياة لم تترك لي كثيراً من الخيارات. حاولتُ أن أسافر مع ولديَّ، ولكننا لم ننجح حتى الآن، ونسعى في هذه الأوقات للانتقال إلى مسكن خاص بعيداً عنه.

وبعد كل هذه التجربة الشاقة، لمستُ أن الزواج ليس مجرد علاقة بين زوج وزوجة؛ الزواج عمر وشباب تفنيه من أجل أطفالك وتضحيات على مدى سنوات عمرك. فليس من السهل أن تتخلى عن كل شيء من أجل زوج سيئ.

وتبقى الأمومة هي نقطة الضعف التي تجعل المرأة تتحمل كل أشكال الإهانات؛ من أجل أن تبقى قرب أطفالها في مجتمع ظالم لا ينصف المرأة في شيء.

***

أنهت مانوليا روايتها المؤلمة، وأنا أفكر كيف يقسو القدر هكذا على هاتَين العينَين الخضراوَين الجميلتَين والقلب الطيب الذي جعلها تتحمل كل ذلك الأسى وتصمد من أجل أمومتها.

لم تخطئ يا شاعر الياسمين الدمشقي نزار قباني عندما جعلتَ زهرة المانوليا أسطورتك في الحب والغزل، ولو كنتَ معنا اليوم، لأدركتَ أن المانوليا قد أصبحت شجرة عملاقة، تشبثتْ جذورها بالتربة ولم تسمح لها أن تنجرف، ووقفت في وجه الرياح والأعاصير، وبأعجوبة حافظت على أزهارها البيضاء نقية لامعة تستقبل الفراشات كل صباح.

جوري

عدتُ إلى منزلي الجديد، يدفعني الشوق لرؤية زوجي. وفي طريق العودة اشتريتُ بعض الحلوى وأكياس البطاطا للصغير. وما إن فتحتُ الباب بالمفتاح، حتى سمعتُ أصواتاً غريبة... ضحكات... كلاماً غير واضح... لا أذكر بالضبط، لكنه صوت زوجي وصوت امرأة، إذنْ لدينا ضيوف، قد تكون أم زوجي هنا وهي تداعب الصغير وتلاعبه.

في هذه الليلة الجميلة المقمرة لم تهدأ حركة المصطافين حولنا، حتى لتحسب الليل نهاراً. أصوات الكبار وضحكات الأطفال تملأ المكان ألفة وحيوية، فالقمر بدر مكتمل الاستدارة، يبث أشعته الفضية فوق مياه البحر لتتلألأ، فتزداد بهاء وروعة. هل يعقل أن نترك كل هذا الجمال ونذهب للنوم!

أعددنا إبريق شاي مع لفافات من الزعتر والجبنة والمرتديلا، وتناولنا عشاءنا، وبعدها أصبحنا جاهزين لمتابعة اللعبة. ويبدو أن الدور الآن على جوري، وهي شابة في نهاية العشرينيات من عمرها، طويلة القامة، ذات بشرة بيضاء صافية وخدَّين ورديَّين وشعر أسود وعينَين واسعتَين، تحمل مواصفات الجمال العربي الأصيل، ولكن ملامح الحزن الواضحة على وجهها أعطتها عمراً أكبر مما هي عليه.

❋❋❋

– هيَّا يا جوري، حدثينا بما لديكِ؛ فكلنا في انتظارِكِ..

57

«حسناً، لن أتحدث عن طفولتي وأطيل عليكم»، قالت جوري، وأضافت: «سأختصر وأذكر أصعب موقف مررتُ به في حياتي، وقد قلبها رأساً على عقب»:

عندما كنتُ في العشرين من عمري، استيقظتُ في أحد الصباحات على صراخ وصياح وعويل، وسمعتُ أمي تنادي عليَّ وتصرخ وتولول، كان الصوت قادماً من الطابق الثاني، فبيتنا طابقان، بينما أنام في الطابق السفلي، وصعدتُ راكضة نحو مصدر الصوت والصراخ ونداء أمي، مذهولة لا أعرف ما الذي يجري. دخلتُ الغرفة التي تقف أمي عند بابها، وهالني ما رأيت! وجدتُ أبي غارقاً في بركة دماء، ركضتُ في اتجاهه دون وعي، ربما اعتقدتُ أنني سأنقذه، أو على الأقل لم أدرك أنه فارق الحياة، وسقطتُ في بقعة الدماء، وغبتُ عن الوعي.

عندما استعدتُ وعيي، علمتُ أن والدي الحبيب قد قُتل طعناً بالسكين، لقد كانت صدمة قوية على شابة في عمري، لم يسبق لها أن فقدت عزيزاً، فكيف إذا كانت الوفاة مفاجئة وبطريقة بشعة للغاية!

لقد سبب لي منظر أبي غارقاً في صدمة كبيرة، أثرت في صحتي النفسية، وكلما استرجعتُ ذلك الموقف تنتابني نوبة شديدة من الهلع، كأن أحداً يحمل سكيناً، ويحاول قتلي، فأبدأ بالبكاء والعويل والصراخ، وأشد شعري، وأضرب نفسي، حتى أغيب عن الوعي.

وتكررت هذه النوبات بشكل شبه يومي، ما منعني من مغادرة المنزل؛ خوفاً من أن تصيبني نوبة في الشارع أو في أي مكان آخر خارج البيت. ولم أعد قادرة على مقابلة أي شخص يزورنا في المنزل، وتركتُ عملي كمعلمة

في إحدى المدارس الابتدائية. وبسبب وضعي الصحي اضطررتُ لملازمة البيت، وبقيتُ على هذه الحال المزرية عاماً، ودخلتُ في حالة اكتئاب حادة، وعزوف عن كل شؤون الحياة، حتى عن الطعام والنوم. فقدتُ كثيراً من وزني، وصار وجهي شاحباً كالأموات.

لم تهتم والدتي بوضعي الصحي، ولم تعرضني على أي طبيب. وبعد سنة من الاكتئاب الحاد ونوبات الهلع والعزلة، حاولتُ الانتحار عن طريق أخذ كمية كبيرة من الدواء، وقد أُسعفتُ في المشفى، وأُجريت لي عملية غسيل معوي، وخضعتُ أنا وأمي للاستجواب من الجهات المختصة، واستشارت أمي بعدها طبيباً نفسياً، شخَّص حالتي بأنها (اضطراب ما بعد الصدمة) يرافقه (اكتئاب حاد)، ووصف لي الأدوية، وبدأتُ أتحسن.

بعد مرور عامَين على تلك الحادثة، تابعتُ دراستي الجامعية، لكنني لم أستطع العودة لممارسة مهنة التدريس، وتخرجتُ بعد ذلك من الجامعة.

عندما بلغتُ السادسة والعشرين تقدم لخطبتي شخص يملك كثيراً من المال، وقد سبق له الزواج، ولديه ولد وحيد يبلغ من العمر أربع سنوات، وقد أمضينا فترة خطوبة قصيرة؛ وكم أحببته، وتعلقتُ به خلال تلك المدة الوجيزة، فهو في غاية اللطف والحنان. حتى اعتقدتُ أنه مُخلِّصي من كل عذابات الماضي وذكرياتي، وأنه سينقذني من الألم والوحدة، وسيحميني من أي خطر قادم، ربما كنتُ في حاجة إلى أن أستعيد الإحساس بالقوة بوجود السند والحامي الذي فقدته مع رحيل أبي، وأتى الآن مَن يعوضني عنه.

لقد رأيتُ فيه الشمس التي ستدفئ كياني بعد شتاء طويل قارس.

سيبعدني- قلت لنفسي- عن جو المنزل الكئيب المتوتر الذي شهد مقتل أعز إنسان على قلبي ظلماً، والذي لم تتوصل التحقيقات إلى معرفة قاتله، غير أن أصابع الاتهام ومنذ الأيام الأولى لمقتله تتجه إلى والدتي، خصوصاً من أقرباء أبي.

لقد تعبتُ من كل ذلك الأسى، ورغبتُ في الابتعاد وبدء حياة جديدة يكتنفها الحب والأمل، وقد بنيتُ آمالاً كبيرة على هذا الزواج.

وبعد خطوبة قصيرة لم تتعد شهراً، تزوجنا، وأقمنا حفل زفافنا في إحدى الصالات الخاصة، ولم يحضره أحد من أقارب أبي.

كنتُ سعيدة جدّاً وأنا أشعر أن الله أرسل إليَّ مَن يعوضني عن كل الألم والعذاب الذي تجرعته في مقتبل عمري.

بعد زواجنا بثلاثة أسابيع، قمتُ بأول زيارة إلى أمي، وأمضيتُ معها ومع إخوتي عدة ساعات أحدثهم عن طيب زوجي ومعاملته الحسنة لي، وقلت إنني من فرط حبي لزوجي، أحببتُ حتى الطفل الصغير... أحببته كثيراً، واتخذتُ قراراً أن أعامله كإبن لي.

عدتُ إلى منزلي الجديد، يدفعني الشوق لرؤية زوجي. وفي طريق العودة اشتريتُ بعض الحلوى وأكياس البطاطا للصغير. وما إن فتحتُ الباب بالمفتاح، حتى سمعتُ أصواتاً غريبة... ضحكات... كلاماً غير واضح... لا أذكر بالضبط، لكنه صوت زوجي وصوت امرأة، إذنْ لدينا ضيوف، قد تكون أم زوجي هنا وهي تداعب الصغير وتلاعبه.

ناديتُ الصغير، فلم أسمع إجابة. واستمرت الأصوات كأن أحداً لم يسمعني، فذهبتُ إلى غرفة النوم مباشرة حيث مصدر الأصوات. فتحتُ

الباب الذي لم يكن مقفلاً، وتجمدتُ من هول ما رأيت! فتحتُ عينيَّ لأستوعب ما أرى، هو كابوس بالتأكيد، ليس كابوساً، إنه الواقع السخي يُخبئ لي مفاجأة جديدة، لا تقل قسوة عن مفاجأة مقتل أبي. لكن الطعنات هذه المرة كانت من نصيبي، في الظهر والقلب... وفي كل مكان... زوجي يعاشر امرأة على سريرنا، ولم يمضِ على زواجنا بضعة أيام. مَن هي تلك المرأة؟ إنها طليقته... أم الصغير! معقول ما أرى؟! والأغرب من ذلك أنه رآني واقفة في الباب أنظر إليهما، ولم يهتم إطلاقاً، بل أكمل معاشرتها بكل وقاحة، كأنه أحد الحيوانات، هل تتخيلن أن هناك إنساناً تصل به الخسة والنذالة إلى هذا الحد؟!

لم أعرف ماذا أفعل، ولا ماذا أقول، لم أستطع أن أقول شيئاً، كل الذي فعلته أنني خرجتُ من المنزل وأنا لا أكاد أرى من غزارة دموعي. سرتُ وأنا تحت تأثير الدهشة والذهول، ويسيطر عليَّ التقزّز من منظرهما، ومن عدم اكتراثه بوجودي، كأن سقفاً انهار على رأسي فجأةً.

عدتُ إلى منزل أمي منهارة، وأخبرتها بما رأيتْ، ووكلتُ محامياً لمتابعة إجراءات الطلاق، وعدتُ إلى الاكتئاب.

اعتزلتُ العالم الخارجي مجدداً، ومكثتُ في غرفتي لا أبارحها، ولا أرغب في رؤية أحد، حتى الستارة لم أعد أزيحها عن النافذة. لا أريد أن أرى الضوء، سأبقى هكذا مثل خفافيش الظلام.

وكم وددتُ لو أفعل كما فعل أوديب الملك وأفقأ عينيَّ لكيلا أرى شرور العالم. لا رغبة لي في تناول الطعام، ولا في أي شيء، انتظرتُ الموت كي يُخلصني، هو الوحيد الذي يمكن أن يريحني.

وفي أحد الأيام، دخلت أختي غرفتي ترافقها شابة في مثل عمرها لا أعرفها، أخذتُ أصرخ على أختي قائلة لها: «ألم أقل لكِ إنني لا أرغب في رؤية أحد؟». خرجت أختي، وبقيت تلك الشابة في الغرفة، وقالت لي: «إذا لم ترغبي في أن تتحدثي إليّ، فأنتِ حرة. أريد فقط أن أشرب فنجاناً من القهوة».

أعجبتني تلك الفتاة الهادئة واللطيفة. لم تنزعج لأنني لم أستقبلها جيداً، اعتذرتُ لها عن سوء تصرفي، وأخبرتها أنني لا أنتظر سوى الموت، وأن الناس سوف تشمت بي عندما يعرفون ما حدث معي، وهم يعلمون كم تعلقتُ بذلك الشخص الذي تزوجته وخذلني.

فتحتُ قلبي لتلك الشابة، وبكيتُ بشدة أمامها. وبعد ذلك غسلتُ وجهي وشربنا القهوة معاً، وكانت أول مرة أتحدث فيها إلى شخص غريب عن تلك الحادثة.

فتحت النافذة، وأخذت مني وعداً بألّا أغلق الستارة إلّا عند النوم، وكانت تلك الشابة أخصائية نفسية، وهي زميلة أختي في الدراسة، وصديقتها أيضاً، وقد أحضرتها أختي لمساعدتي، وأصبحت تزورني باستمرار، وتحسنت حالتي.

خرجتُ من غرفتي، وتناولتُ الطعام مع أسرتي، واستبدلتُ ملابسي القاتمة بملابس ذات ألوان فاتحة ومشرقة. ثم خرجتُ أخيراً من المنزل برفقة تلك الأخصائية، وتمشينا في الشارع.

أصبحتُ أخرج من المنزل وحدي، وأجلس مع الضيوف، وأدركتُ ما قالته لي تلك الأخصائية الجميلة بأنني الخاسرة الوحيدة من ذلك الحزن

والاكتئاب، وأنني أعاقب نفسي على خذلان الآخرين لي. وأخيراً اتخذتُ قراري، سأكلم مدير المدرسة التي عملتُ فيها، وسأعود إلى عملي. وعدتُ إلى مدرستي سعيدةً بعملي، وأردتُ أن أزرع شيئاً جميلاً في نفوس طلابي، شيئاً افتقدناه كثيراً في هذه الأيام القاسية.

❉❉❉

عبرت بعض الغيوم التي حجبت ضوء القمر، فبدا البحر في الظلمة أكثر مهابة. وبعد دقائق قليلة ابتعدت تلك الغيوم وأشرق ضوء البدر من جديد. نظرنا إليه جميعاً، وسمعناه يهمس لنا: «مهما حجبتكم عني الغيوم، سأشرق باستمرار، وأؤنس وحشتكم».

توليب

وبقيتُ على هذا الحال حتى دخلتُ مرحلة المراهقة، فتغير شكلي، وظهرت معالم الأنوثة عليَّ. وكم شعرتُ بالغضب والخجل عندما ظهر صدري؛ ما دفعني لأن ألفَّ شالاً ضيقاً فوقه، وأرتدي قميصاً واسعاً لأخفيه تماماً، وغالباً ما ارتديتُ قمصان إخوتي الذكور.

تجاوز الوقت منتصف الليل، وقلَّ عدد الناس الساهرين على الشاطئ. لم يبقَ سوى مجموعتَين غيرنا.

تمشينا قليلاً، بينما انهمكت مانوليا بتجهيز المتّة مع المكسّرات والبذور المحمصة، هذا المشروب الذي يميز سكان تلك المنطقة الجبلية. وهو ليس مجرد أعشاب خضراء رائحتها تشبه رائحة التبن الرطب، بل ترتبط عادة شربه بالألفة الاجتماعية، وهي عادة تجمع الأصدقاء والضيوف للشرب من كأس واحدة بالتناوب. ويعتقد بعضهم أن تناولها بتلك الطريقة عادة غير صحية، ففي مناطق الساحل كل شخص يشربها في كأس منفردة، أما نحن فنعتبر تناول هذا المشروب في كأس واحدة رمزاً للمحبة والألفة في اجتماع الأصدقاء. وما أحوجنا إلى ذلك المشروب في هذه السهرة التي لن ننساها أبداً. نحتاجه ونحن نفتح تلك العبوات المغلقة بإحكام في دواخلنا، ونعتقد أننا نسينا محتواها المؤلم. نفتحها بملء إرادتنا لنتخلص منها إلى الأبد، سنجعل ذلك الأسى ينفث أبخرته السامة، وسنحطم تلك العبوات، ونرميها في أعماق البحر، ونطهر قروحنا بمياهه المالحة.

ها هي مانوليا تنادينا: «هيا يا صبايا... كل شيء جاهز؛ تفضّلن».

سنستمع تحت ضوء القمر الذي آنس ليلتنا بضيائه الساحر، إلى باقي الحكايات، إنه دور توليب الآن، وهي الوحيدة التي تربطني بها معرفة سابقة بين المجموعة التي أجلس معها، وأنا أراها كتلة حيوية ونشاط؛ مرنة ومحبة للآخرين، ولا تزال عزباء، وكلما سألتها عن الزواج تقول: «عندما يأتي النصيب»، ولكنني الآن بالتأكيد سأعرف عنها أشياء لم أعرفها سابقاً، ها هي تتأهب لتحدثنا بما لا نعرفه:

أعطوني كأساً من المتّة قبل أن أبدأ، فأنا من عشاقها، وأول شيء أفعله بعد أن أستيقظ صباحاً هو وضع إبريق الماء على الموقد لشرب المتّة. أعتقد أنني أخذتُ هذه العادة من أمي، فهي تشرب المتّة كثيراً، ولا تحب الشاي والقهوة. كثيراً ما نشربها معاً على الريق قبل أن أذهب إلى عملي في المدرسة، فأنا مدرسة للغة الإنجليزية، وأبلغ من العمر الآن ثمانية وعشرين عاماً، ولا أنوي أن أكبر، سأبقى في هذا العمر.

ضحكنا وقلنا لها: «كلنا مثلكِ توقف بنا قطار الزمن في محطة العشرين». فأكملت:

وأنا لا أزال عزباء، أما مشكلتي في هذه الدنيا فهي أنني أكره أن أكون امرأة، وأتمنى لو كنتُ أكثر حظّاً وولدتُ رجلاً؛ حتى أنني فكرتُ في إجراء عملية تحويل؛ فأبي وأمي يفضلان إنجاب الذكور مثل معظم أفراد المجتمع، ويعتقدان أن إنجاب البنات كارثة، وكم ردَّدا على مسمعي مقولة: «همُّ البنات للمات».

أحببتُ كثيراً أن أكون مثل أبي فأنا أحب أبي كثيراً؛ وهو أيضاً يفضلني

عن بقية إخوتي، ويدللني ويهتم بي؛ عكس والدتي التي لا تهتم بي كبقية إخوتي؛ حتى أنني أشعر أحياناً أنها لا تحبني. أمي ذات طبع متسلط وتحب فرض الرأي، وهذا ما جعل جو المنزل متوتراً معظم الأوقات، كنتُ أتعاطف مع والدي وأعتبره مسكيناً ومظلوماً معها، وهو لا يحب أن يجادلها كثيراً، وقد حدثت خلافات كبيرة بينهما بسبب طبعها المتسلط، ولكن ربما بسبب الأولاد استمرا، وبالتأكيد فإن كثيراً من العلاقات الزوجية تستمر من أجل الأطفال، ويكون على أحد الزوجَين أن يقدم تنازلات وتضحيات حتى تستمر الحياة الزوجية، وغالباً ما تكون الأم التي تضحي نظراً لطبيعة المجتمع الشرقي أولاً. ولأن الأمهات يضحين بكل شيء كي يبقين قرب أطفالهن ثانياً.

إلا أن الأمر مختلف في أسرتي، فأبي هذا الرجل الطيب والمحب، هو مَن يُضحي، ويتنازل دائماً كي يحافظ علينا، ولا تزال الخلافات مستمرة بينهما بعد كل هذا العمر، وأشعر أنهما سينفصلان يوماً ما، ولن يستطيعا الاستمرار معاً.

كنتُ في طفولتي ألبس مثل إخوتي الصبيان، وأقص شَعري قصيراً، وكم أغضب ذلك أمي، ولا أدري هل فعلتُ ذلك لأنني بنت وحيدة بين الأولاد، أم بسبب تعلقي الزائد بأبي، أم لرغبة خبيثة في داخلي لأثير غضب أمي، وهذه التي يسميها عالم النفس المشهور فرويد (عقدة إلكترا). وكم استهوتني برامج المصارعة، وتأثرتُ بها، حتى أنني رغبتُ أن أصبح يوماً مصارِعة مشهورة، ولا أزالُ حتى اليوم أعشق متابعة مباريات كرة القدم وأخبار نجومها.

وبقيتُ على هذا الحال حتى دخلتُ مرحلة المراهقة، فتغير شكلي،

وظهرت معالم الأنوثة عليَّ. وكم شعرتُ بالغضب والخجل عندما ظهر صدري؛ ما دفعني لأن ألفَّ شالاً ضيقاً فوقه، وأرتدي قميصاً واسعاً لأخفيه تماماً، وغالباً ما ارتديتُ قمصان إخوتي الذكور.

وعندما حدث البلوغ، ورأيتُ دماً على ملابسي الداخلية؛ تضايقت كثيراً، وزادت مشاعر الخجل والذنب لديَّ، كأنني أرتكب ذنباً، ولم أعرف كيف أتصرف؛ فلم تخبرني أمي بشيءٍ عن ذلك.

من طبع أبي وأمي أنهما متعصبان بشدة تجاه مثل هذه الأمور، فإن ظهرت امرأة حامل في مشهد على التلفاز، تكيل أمي لها عبارات السخرية والكراهية. وإذا ظهر أي مشهد عاطفي، تغير المحطة فوراً مع سيل من الشتائم لِمَن يعرض تلك المشاهد. وقد غرس ذلك داخلي إحساساً خفيّاً بالنفور والرفض لأمور الزواج والإنجاب. أتذكر في إحدى المرات أرسلتني أمي إلى جدتي بعد أن عجزتُ عن الاتصال بها هاتفيّاً لتخبرها أن تحضر حالاً لأن أمي ستلد قريباً، وكنت في السادسة من عمري، ومن شدة خجلي لم أستطع أن أخبرها بشيء، وأخذت تسألني عن سبب قدومي إليها مبكرة، ولم أستطع أن أجبها، حتى سألتني عن ولادة أمي، فأومأتُ لها برأسي موافقة.

نعم. لقد كان هذا الموضوع عقدة في بيتنا، ولكنني قررتُ بعدها أن أتحدى نفسي، وأواجه خجلي وأتصرف كفتاة، فتركتُ شَعري لينمو ويطول، وأتذكر عندما ربطتُ جُزءًا منه وسرتُ في الشارع باتجاه المدرسة... كم شعرتُ بالخجل كأنني أمشي عارية. ولكن مديح رفيقاتي لي بأنني هكذا أبدو أجمل شجعني كثيراً. وحتى عندما ارتديتُ تنورة للمرة الأولى، وكان ذلك في امتحان الشهادة الإعدادية، شعرت بكثيرٍ

من الإرباك.

واستطعتُ شيئاً فشيئاً أن أتخلص من هاجس أن أكون صبياً. وقد ساعدتني المرشدة النفسية في المدرسة على تقبل شخصيتي الأنثوية، وبقيت كلماتها تتردد في ذهني حتى هذا اليوم: «حتى لو عانت المرأة من الظلم والاضطهاد في بعض المجتمعات، إلا أن الأنوثة هي الأسمى، فالشمس أنثى، والأرض أنثى، والأم أنثى، والأم هي الكون والوجود... وهي سر البقاء».

❋❋❋

ربما لم يُعجب ذلك الحديث البحرَ، فارتفعت أمواجه مزمجرة... ولم يعجب ذلك القمرَ، فتوارى مرة أخرى خلف الغيوم، كأنهما يقولان: «كفى صراعاً بين الرجال والنساء؛ فإنهما كفَّتا الميزان في تحقيق معادلة الوجود».

71

نرجس

وبقيتُ على هذا الحال حتى دخلتُ مرحلة المراهقة، فتغير شكلي، وظهرت معالم الأنوثة عليَّ. وكم شعرتُ بالغضب والخجل عندما ظهر صدري؛ ما دفعني لأن ألفَّ شالاً ضيقاً فوقه، وأرتدي قميصاً واسعاً لأخفيه تماماً، وغالباً ما ارتديتُ قمصان إخوتي الذكور.

الحركة هادئة حولنا، ولم يبقَ أحد على الشاطئ سوانا، وصوت الأمواج وضوء القمر يؤنسان وَحدتنا، وما نزال نشرب المتّة، ونتسلى بأكل المكسرات والبذور، ونستمتع بتلك الليلة المقمرة، ولم يبقَ على نهاية سهرتنا سوى وقت قصير. وقد حان دور نرجس لتروي ما لديها. وقد أعادت إلى ذاكرتي مدرس مادة اللغة العربية، ذلك الرائع الذي طالما ردد عبارة: «وما ينبتُ النرجس إلَّا من البصل».

أحسسنا جميعنا في الصف أن ذلك الأستاذ معجب بإحدى الطالبات اسمها نرجس، وهي جميلة ورقيقة كالنرجس، ويبدو أنها هي أيضاً تحبه كثيراً. وهذا النمط من المشاعر يسود في مرحلة الدراسة المتوسطة في أوج المراهقة، وغالباً يشكل المدرس بالنسبة للفتيات الأب والحبيب والقدوة وكل شيء، وخصوصاً في الماضي عندما كان المدرس يُحظى بمكانة اجتماعية مرموقة.

أما اليوم فكل شيء قد تبدل في مجتمعنا، فقد فقدت مهنة التدريس كل مميزاتها، خصوصاً في ظل تداعيات الحرب التي جعلت كل مَن يتقاضى

راتباً في قائمة المعوزين، بل ويتفوق أصحاب المهن الحرة بدخل أفضل كثيراً؛ والمال سيد الأحكام، ولا يغيب عن ذهني ذلك الكاتب حين قال: «انتهى عصر القلم، وبدأ عصر القدم، لقد نال ذاك اللاعب في مباراة كرة قدم واحدة من مال ما لم ينله كل كُتَّاب مصر منذ عصر إخناتون». رحم الله ذلك الأستاذ الرائع الذي جعلنا نعشق اللغة العربية، ونصغي إلى النرجس الذي لا ينبتُ إلا من البصل:

تزوجتُ منذ ثماني سنوات، ولكنني الآن منفصلة عن زوجي، لديَّ طفلان؛ بنت تبلغ ثلاث سنوات، وابن في السادسة. عشتُ طفولتي في أسرة مكونة من أخ وحيد وأربع أخوات، توفي والدي وهو في الخامسة والأربعين، واهتمت بنا أمي كثيراً، أعطتنا الحنان كله، ولم تُشعرنا يوماً أننا أيتام؛ عوضتنا عن غياب والدنا ولم تقصر معنا في شيء، وقد تعلقنا بها كثيراً. لم نتابع تعليمنا أنا وشقيقاتي، وتزوجنا في أعمار صغيرة؛ وبقي أخي الوحيد في المنزل مع والدتي.

وفي يوم ثلاثاء أسود، ذهبت أمي لتوقظ أخي من نومه فقد تأخر عن عمله، فلم يجبها، وعندما اقتربت منه، هزته، فلم يرد، فصرخت بأعلى صوتها، وحضر الجيران على صراخها، فنقلوه فوراً إلى المشفى، ولكن للأسف وجدوه متوفياً بسكتة قلبية، وهو لم يتجاوز الثلاثين عاماً، وكان لا يزال عازباً.

سبب ذلك لأمي صدمة قوية، وعلى أثرها أُصيبت بالسكري، وتسارع في نبض القلب، وارتفاع في ضغط الدم. جعلني ذلك أعيش في قلق شديد ودائم على صحتها. لا أستطيع أن أتخيل الحياة من دونها.

عندما توفي أخي، كنتُ متزوجة. وفي السنوات الأولى من زواجي كانت حياتي مستقرة وهادئة. أنجبتُ طفلي الأول، وكانت الأمور على ما يرام، وبعد أن بلغ ابني الثالثة أنجبتُ طفلتي، وهنا ظهرت الخلافات بيني وبين زوجي؛ فقد تغيّر بشكل ملحوظ، وأصبح كثير الغياب عن البيت، كأننا غير موجودين في حياته. ثم بدأ يقتر علينا المصروف، وأيقنتُ أنه على علاقة بامرأة أخرى. صارحته وخيرته بيني وبينها، فتركني أنا وأطفالي واختارها. يبدو أنه كان قد اتخذ قراره مسبقاً، منتظراً الفرصة المناسبة، وها هي قد حانت، وحدث الطلاق.

أخذتُ أطفالي إلى منزل والدتي، وأقمتُ معها، وقد ساءت حالتي النفسية كثيراً بعد الخيانة التي تعرضتُ لها من زوجي. بقيتُ مدة لا أقابل أحداً، ولا أخرج من المنزل، وكم لُمتُ نفسي؛ لو أنني أكملتُ تعليمي ولم أتزوج؛ لو أنني صبرتُ على زوجي وعلاقته بالمرأة الأخرى. ربما قد قصرتُ معه في شيء، بقيتُ أكثر من عام على هذه الحال، ثم أدركتُ أنني يجب أن أصبح أقوى. أريد أن أعتمد على نفسي أكثر، فأطفالي بحاجة إليَّ، وكذلك أمي.

تذكرتُ أمي وكيف بقيت صامدة وقوية بعد وفاة والدي، وكيف احتوتنا بكل حب وتفانٍ، ولم تُشعرنا يوماً أننا أيتام. قلت لنفسي هذا هو نصيبي، لذلك قررتُ أن أعمل، وخصوصاً أن النفقة التي يقدمها طليقي لا تكفينا عدة أيام، وكلما طالبته بزيادة النفقة، يتحجج بوضعه المادي المتردي. إذنْ يجب أن أعتمد على نفسي.

بحثتُ عن عمل يلائمني، فليس لديَّ شهادات ولا خبرات، ولكنني أجيد الطبخ. وجدتُ عملاً في مجال الطهي في أحد المطاعم، وقد وقفت

أمي بجانبي مجدداً، وتولت رعاية أطفالي في غيابي. وُفِّقتُ في عملي، وساعدني الانشغال بالعمل على تحسين حالتي النفسية، وزاد من ثقتي بنفسي، ووفر لي دخلاً ماديّاً مقبولاً.

بعد مدة، عرض عليَّ صاحب المطعم فكرة الزواج، فزوجته متوفية منذ مدة، ولكنني رفضتُ قائلةً له إنني لا أفكر في الزواج مطلقاً، وسألتني بعض العاملات: «لماذا لا تتزوجين ما دامت والدتكِ ترعى أطفالكِ؟ ففرصة الزواج هذه مناسبة لكِ، وصاحب المطعم رجل محترم، ويتمتع بوضع مادي ممتاز، وأولاده كبار قادرون على الاعتماد على أنفسهم». نظرتُ إليهن باستغراب، وأجبتهن: «هل أترك طفليَّ الصغيرَين لأتزوج وأعيش مع رجل آخر؟ ألا يكفي ما فعله والدهما! لا أستطيع أن أنام ليلة واحدة بعيداً عنهما؛ هما حياتي وكل عالمي، سأكرس أيامي القادمة لرعايتهما، سأحاول بكل طاقتي أن أعوضهما عن غياب أبيهما كما عوضتنا أمي عن غياب أبي، وسأبذل كل جهدي لأجعلهما سعيدَين وناجحَين، وسأهتم بأمي كما اهتمت بي وبإخوتي عندما كنا صغاراً بلا أب».

أحببتُ عملي، وأطمح إلى أن أفتتح مطعماً خاصّاً بي في المستقبل، فالعمل نعمة من الله. لقد أشعرني العمل بأنني قوية، وحماني من الإحساس بالفراغ والانشغال بالتفكير في الماضي وتداعياته، وجنبني الدخول في دوامة اليأس والقلق والاكتئاب. أنا بخير الآن، فما يهمني هو أن أكون مع طفليَّ. إن ابتسامتهما في الصباح تنسيني كل هموم العالم.

❄❄❄

نظرتُ باتجاه البحر الذي بدت مياهه أكثر زرقة، وخُيِّل إليَّ أنني رأيتُ

زهرة نرجس عملاقة تخرج من أعماقه، وارتفعتْ حتى وصلت تخوم القمر، فغمرها بضيائه وبدت كأنها شمس الصباح تعلن قدوم الفجر، وفاح أريج عطر جميل طغى على رائحة البحر. رائحة ذكية تشبه رائحة النرجس.

ياسمين

عشنا في منزل مشحون بالعنف والصراع والشجار الدائم بين أبي وأمي. أبي يضرب أمي باستمرار، بسبب ومن دون سبب، ويهينها بكلمات نابية، وهي تبكي وتقول: «ليس لي إلا الله... وهو لن ينساني».

شارفتْ سهرتنا على الانتهاء، وكم كانت رائعة ومميزة. لقد كنا مع الشمس والبحر في الغروب وسنشهد انبلاج الفجر بعد قليل. وفي الليل رافقنا البدر ولم يتركنا لحظة. لا أنكر أننا نشعر بالتعب والنعاس؛ ولكن الجمال متعب أحياناً، يجعلنا هائمين ننهل منه دون ملل. سنغادر بعد وقت قصير، وبعد ساعاتٍ سنصل إلى بيوتنا، وسيكون لدينا الوقت الكافي للنوم. أما البحر فلن نزوره مجدداً قبل العام المقبل.

البحر في الليل أكثر سحراً، حيث يسود السكون، ولا صوت سوى صوت الموج، تولد الأمواج واحدة تلو أخرى؛ ترتفع موجة وتقترب من الشاطئ ثم تتلاشى، لتعقبها أخرى بتواتر لا ينتهي. إنها تشبه كل شيء في حياتنا، نندفع بكل قوة لنحصل على شيء ما، وعندما نحصل عليه يتلاشى لتظهر حاجة أخرى، ونعود لاندفاعنا السابق؛ وهكذا تستمر حياتنا بين الاندفاع والتلاشي، حتى يأتي يوم ونتلاشى فيه نحن بالذات، لتأخذ موجة أخرى مكاننا، وتكمل رحلتها نحو التلاشي والخلود في أعماق البحر، لنلد في موجات جديدة لا تهدأ ولا تستريح.

لاح الفجر في الأفق، وشعرنا ببعض البرودة. ففي ساعات الفجر الأولى يصبح الجو أكثر برودة. ظهرت بعض الطيور فوق الماء، وأصدرت أصواتها التي تزيد البحر روعة. الطيور تحب الفجر، تكثر حركتها وتعلو أصواتها عند حلوله، فالكائنات الأخرى أكثر التصاقاً بالطبيعة من البشر، ولديها ذكاء فطري يساعدها في التنبؤ بخفايا الطبيعة، فتعطي رسائلها التحذيرية قبل وقوع الكارثة. ربما سيكتشف الإنسان يوماً أنه أغبى المخلوقات على الأرض، لا أذكاها، لكنه بالتأكيد أكثرها شرّاً وخطراً على الطبيعة، وإن كان ذلك لا ينطبق على كل البشر بالتأكيد.

❋❋❋

وضعتُ كل منا شالاً على كتفَيها، ثم شجعنا ياسمين لتقصّ علينا حكايتها، فقد شارفت اللعبة على الانتهاء، وبعد ياسمين سأكون أنا الأخيرة.

أخذت توليب تعدّ القهوة، بينما شرعت ياسمين في الكلام:

صحيح أن اسمي ياسمين، ولكن الأبيض في ياسميني هو لون الموت والأكفان لا لون الثلج والنقاء؛ والعطر الذي يفوح مني هو عطر الألم والقهر والعذاب، لقد أمضيتُ طفولة شقية على الرغم من أن أبي وأمي يعيشان معنا في المنزل. ذقتُ كل أنواع البؤس والحرمان. عمري الآن أربعة وعشرون عاماً، ولم أتمكن من متابعة الدراسة لأن أهلي لا يوفرون لي مستلزماتها. وعلى الرغم من أن مدارسنا مجانية، يبخلون علينا بأقل الأشياء.

عشنا في منزل مشحون بالعنف والصراع والشجار الدائم بين أبي

84

وأمي، أبي يضرب أمي باستمرار، بسبب ومن دون سبب، ويهينها بكلمات نابية، وهي تبكي وتقول: «ليس لي إلا الله... وهو لن ينساني».

أمي امرأة غير متعلمة، وليس لديها أي عمل خارج المنزل. وهي يتيمة الأبوَين، وقد تزوجت في عمر مبكر، وليس لديها إخوة يدافعون عنها. لديها أخت واحدة متزوجة ومقيمة في إحدى دول أمريكا الجنوبية، وكانت تردد باستمرار: «لو كان لديَّ إخوة وأهل، فلن يجرؤ زوجي على أن يعذبني ويهينني كما يفعل الآن، أو على الأقل كنتُ تركته وعدتُ إلى بيت أهلي».

تجرعتْ كل أنواع الألم والقهر من معاملة والدي الظالمة لها، وهي صابرة متحملة. كم أشفق عليها؛ مسكينة أمي. مرّت علينا أيام قاسية جدّاً. كنا ندخل أحياناً إلى غرفتنا مساء، وقبل أن تغيب الشمس نتظاهر بأننا نيام لنهرب من قسوة أبي وبطشه، لكن أمي لا تستطيع أن تهرب، نصحو على صوته عندما يعود سكرانَ، فينهال على أمي المسكينة بالشتائم والضرب. يكسر صوت بكائها ونحيبها قلوبنا، ونحن عاجزون لا نستطيع أن نفعل شيئاً. وكم كنت أردد بيني وبين نفسي بيتاً من الشِّعر يقول:

يا داميَ العينَين والكفّين إن الليل زائلْ

لا غرفةُ التَّوقيف باقيةٌ، ولا زردُ السلاسلْ

وأُمنِّي نفسي بذلك اليوم الذي سأتحرر فيه من هذا السجن؛ من تلك العبودية، ومن هذا الواقع الظالم المطبق على روحي وأرواح إخوتي وأمي كركام مبنى منهار.

كنتُ المولود الأول بين إخوتي، وتحملتُ القسم الأكبر من الأذى

والألم، عانيتُ البؤس والعذاب منذ نعومة أظفاري، وقصتي تشبه قصة البؤساء التي شاهدتها في مسلسل كرتوني. أنا بطلتها كوزيت، ولكن المنقذ البطل لم يأتِ ليخلصني من عذابي، كما حصل مع كوزيت. وتمنيتُ كثيراً أن يأتي. كم تساءلتُ لماذا أنجبنا أبوانا في هذه الحياة؟ في هذا الشقاء؟ تمنيتُ لو كنتُ لقيطة، أو حتى أن أعيش في دار للأيتام. ستكون دار الأيتام أكثر أماناً ورحمة من بيت والدي، على الأقل سيهتمون بدراستي.

لقد شعرتُ بالغيرة الشديدة من ابنة عمي وهي في نفس عمري. فوالدها عكس والدي على الرغم من أنهما شقيقان. هو شخص طيب المعشر، دمث الطباع، يحافظ على سمعته، وأسرته تنعم بحياة هادئة ومستقرة، يسودها الحب والسلام. أما نحن فالنكد والخوف والشجار والطاقة السلبية هو زادنا اليومي.

أبي غير متعلم، وهو يعمل في محل يملكه، يبيع فيه المشروبات الروحية والسجائر، وكان مدمناً على الشراب ويخون والدتي دائماً، ولهذا السبب نشأ الصراع بينهما، فهو يصرف كل أمواله على النساء. يعود مخموراً إلى البيت، فيضربنا، وعندما تدافع أمي عنا، تنال النصيب الأكبر من الضرب. وقد ازداد سلوكه سوءاً، وكثرت خياناته يوماً بعد يوم، ولم يعد يخجل. أصبح يحضر النساء إلى متجره دون أن يحسب أي حساب لسمعته وسمعتنا، حتى صار لقبي (ابنة السكران).

كرهتُ العالم الخارجي، أصبحتُ عدوانية مع الجميع، ليس لديَّ صداقات لا في المدرسة ولا خارجها، تحصيلي الدراسي متدنٍّ جداً، وكنتُ أرسب دائماً، وأعيد كل سنة دراسية حتى أنقل للصف الأعلى بالمساعدة، وقد حاولتُ الانتحار مرتَين، مرة أخذتُ كمية كبيرة من الدواء، ولكن

للأسف أُسعفتُ في المشفى وأُعدتُ للحياة أو بالأحرى للشقاء، ومرة أخرى رميتُ نفسي عن سطح الشقة التي نسكنها وكانت في الطابق الثالث، أُصبتُ على أثر ذلك بكسور في ذراعي اليسرى وإحدى عظام القفص الصدري وبعض الكدمات والجروح، ولكنني لم أمت.

نحن ثلاث بنات وولد وحيد، وقد أثرت قسوة أبي وسوء سلوكه وسمعته في شقيقتيَّ، وجعلتهما تكرهان الرجال كرهاً شديداً ممزوجاً بالخوف والرعب؛ وترتديان ملابس فضفاضة، ولا تكلمان الرجال أبداً، ولا تسلمان عليهم، إنهما تخافان من الرجال كأنهم وحوش مفترسة، وتعتقدان أن كل الرجال سيئون ومرعبون مثل أبي.

أما أخي الوحيد المسكين، الذي لم يكن أوفر حظّاً منا، ولم يشفع له كونه الابن الوحيد في المنزل من تعرضه للعنف الشديد، فقد استطاع الهرب من ذلك الجحيم، وسافر إلى حيث تقيم خالتي في أمريكا الجنوبية. ولو كنت ولداً، لفعلتُ مثله وهربتُ بعيداً. أي مكان سيكون أرحم من هذا الذي أقيم فيه ويسمى بيتاً!

البيت ليس مجرد جدران وسقف؛ البيت محبة وانتماء، وراحة، وهدوء، وسكينة. ومن دون كل ذلك يصبح البيت فندقاً. وعندما يسوده العنف والظلم والقسوة، يصبح جحيماً لا يطاق. وما هو أصعب من ذلك أن يكون الجاني أقرب الناس إليك؛ قطعة من روحك وجسدك، الأب وهو رمز الوجود والقيم لكل ابن أو ابنة، هو الحامي والسند والركن الذي يستند إليه أساس وجودك في هذه الحياة.

منزلنا ليس الوحيد بالتأكيد الذي عانى من ويلات التفكك،

والتصدع، والعنف الأسري. أسمع عن حالات كثيرة وصل فيها العنف إلى درجة القتل، والاغتصاب، والتحرش. وكم ذهلتُ عندما سمعتُ أن كثيراً من الدول المتقدمة قد تصدت لموضوع العنف الأسري بقوة، وأصبح لديها قوانين صارمة في هذا الشأن! أين نحن من تلك المجتمعات العاقلة؟ ننكر أي حالة عنف أسري كالنعامة التي تدفن رأسها في الرمال. وصل بي الحال إلى محاولة الانتحار مرتَين، ولم تهتم أي مؤسسة اجتماعية بالموضوع. لم يكن هناك سوى بعض الأسئلة من الشرطة. مطلوب منا، بخلاف المجتمعات المتقدمة، أن نتحمل البطش والقسوة من أقرب الناس إلينا، وأن نتقبل ذلك برحابة صدر. ويتوجب علينا، فوق ذلك، أن نتستر عليهم، ونمتدحهم أمام الآخرين. نحن نخشى على سمعتنا أمام الناس، أكثر مما نخشى على أرواحنا المكلومة وأجسادنا المثخنة بالجراح والآلام. نحن نتقن فن الاختباء من الشمس خلف قشة لا تحجب شيئاً.

اتخذتُ أنا وشقيقاتي قراراً بعدم الزواج. قلنا إننا لا نريد أن نعيد تجربة والدتنا، ولا أن ننجب أبناءً ليتلقوا صنوف العذاب والشقاء، كما حدث لنا.

بعد أن سافر أخي تحسنت أحوالنا المادية، فقد أخذ يرسل إلينا نقوداً كل فترة، أما أمي المسكينة فقد أُصيبت بسرطان الثدي، والحمد لله أنه قد اكتُشف في المراحل المبكرة، وهي تتلقى العلاج حالياً. أعانتنا النقود التي يرسلها أخي، فاستأجرنا منزلاً صغيراً في إحدى ضواحي العاصمة، وانتقلنا للإقامة فيه، وهذا سهَّل على أمي متابعة العلاج في مشفى الأورام الموجود في العاصمة، وتحسنت حالتها النفسية بعد كل ذلك الشقاء.

أما أنا فقد التحقتُ بصالون للحلاقة النسائية وتعلمتُ المهنة

وأحببتُها. ملأ العمل وقتي وذهني، ووفَّر لي بعض المال. أما أختي التي تصغرني مباشرة فاتبعت دورة في التمريض، وحصلت على شهادة، ثم تمكنتُ أخيراً من الحصول على عمل في أحد المشافي الخاصة. والتحقت أختي الصغيرة بالمدرسة من جديد، ونأمل أن تتمكن من متابعة دراستها الجامعية في تخصص جيد، فهي الوحيدة التي تتابع تعليمها بيننا.

هذا هو ياسمين بلادي. مهما لوّثته ظلمات القدر، سيعود أبيض نقيّاً مثل الثلوج في أعالي القمم، وسيظلّ عطره أخاذاً لأنه أصيل معتق بالصبر والتحدي والنجاح.

وداعاً أيها البحر

هل ستنتظرني أيها البحر الواسع كي أخبركَ قصتي، ولأنضم إلى قافلة الورد التي غرست جذورها في رمالك الدافئة، فاحتضنتها بكل حب وتفانٍ؟

لاحت أولى أشعة الشمس من بعيد؛ معلنة بداية الصباح. وما أروع منظر شروق الشمس قرب البحر. يا لهذه الشمس العظيمة التي تتمحور كل حياتنا حولها؛ مواعيد الطعام، والنوم والاستيقاظ، والعبادات! مسارها يحدد إيقاع حياتنا، وإن توارت عنا أياماً خلف غيوم الشتاء يحل الاكتئاب والحزن في نفوسنا.

ها هي الطيور تبتهج بقرب شروق الشمس، فقد ازدادت حركتها وارتفعت أصواتها، وكذلك الأمواج، كأنها أطفال يحتفلون بقدوم والدتهم بعد غياب.

ألحَّتْ توليب عليَّ أن أروي قصتي بسرعة: «هيا يا سوسن لم يبقَ غيرِكِ، ولم يعد لدينا كثير من الوقت، أسمعينا ما لديكِ، وسوف نصغي إليكِ كما أصغيتِ إلينا. هيا تفضلي، وسأعد القهوة مجدداً، وهل هناك شيء أجمل في هذه الحياة من فنجان قهوة صباحي قرب أمواج البحر والشمس تنهض لتقول لكِ صباحكِ سكَّر!»

إذنْ جاء دوري أخيراً! سأعتبر نفسي مسك الختام، ما رأيكن؟

وقبل أن أبدأ حكايتي ظهرت مشرفة الرحلة، وأخذت تنادينا من بعيد: «هيا يا صبايا، علينا أن نغادر حالاً، أخبرتكن منذ البارحة أننا سننطلق من هنا في السادسة صباحاً. لديكن ربع ساعة فقط لتحضرن حاجياتكن، ولنسلم الغرف ونستقل الحافلة، الرجاء عدم التأخير».

إذنْ يا سوسن لن تُسمعينا قصتكِ؟ وكم كنا نود أن نسمعكِ.

لا تحزعن يا صديقاتي؛ ربما في رحلة قادمة سأروي لكنّ حكايتي.

هل ستنتظرني أيها البحر الواسع كي أخبركَ قصتي، ولأنضم إلى قافلة الورد التي غرست جذورها في رمالك الدافئة، فاحتضنتها بكل حب وتفانٍ؟

شكـراً لك على سعة صـدرك، وعلى الاستضـافة الجميلة والرطوبة المنعشة.

شكراً لأنك سمعت أحزاننا وشكوانا، وستكتم أسرارنا.

شكراً على كل هذا الاتساع، والزرقة، والغموض، والعمق. لقد تعلمنا منك الإصغاء والتأمل والاستمرار. أيها الواسع الممتد إلى حد الأفق، والغامض العميق حتى حدود الرعب، الهادئ الجميل الوادع والرومانسي في أمسيات الصيف، والمزبجر الغاضب والمجنون في فصل الشتاء. لكنك جذاب دائماً، وساحر لكل البشر. ربما لأنك ابن الأرض وخالد مثلها ونحن زائلون.

— تمت —

الفهرس